未來都市 NO.6 #4

淺野敦子—著

SIBYL—圖　珂辰—譯

目錄

W
N
S
E
監獄
森林區
北區
農田
東區

NO. 6 平面圖
西區
垃圾處理場
特別關卡
下城
市政府大樓
（月亮的露珠）
森林公園
南區
住宅區
農田

人物介紹

紫苑

兩歲時被NO.6市政府認定「智能」屬於最高層次，便和母親火藍住在「克洛諾斯」裡，接受最完善的教育與生活照顧。十二歲生日那天，紫苑因為窩藏VC而被剝奪了所有的特殊權利，淪為公園的管理員。

後來，紫苑在公園中發現因殺人寄生蜂而出現的屍體，竟因此被治安局誣陷為兇手，在千鈞一髮之際被老鼠所救。沒想到，紫苑的體內也遭到不明蜜蜂的寄生，差點命喪黃泉。熬過死亡大關的紫苑，所有的頭髮都變白了，身體上也出現一條纏繞全身、如紅蛇般的痕跡。

老鼠

真實姓名不詳，有著如老鼠般的灰眼珠。十二歲的時候因為不明原因，從外面被運送進NO.6裡，還被冠上「VC」──重大犯罪者的身分。受了槍傷的老鼠，逃進少年紫苑的房間裡，也開啟了兩人四年後重逢的緣分。

當紫苑因為寄生蜂事件，被治安局誣陷為殺人兇手時，老鼠出手救了紫苑，並將他帶到自己居住的西區，還陪伴紫苑熬過了寄生蜂入侵體內的生死關頭。

火藍
紫苑的母親，跟紫苑一起被趕出「克洛諾斯」之後，在下城的某個角落，開了一家手工麵包店。雖然是只有一個展示櫃的小店面，但是從早到晚都飄著麵包的香味，很多人因此被吸引而來，生意滿好的。
沙布
兩歲時，智能被認定為最高層次，在十歲之前是跟紫苑在同一間教室學習的同學，一直到十六歲仍跟紫苑來往密切。主修生理學，已經被市政府選為交換留學生，到其他都市去進修。
力河
前《拉其公寓》（報紙名）的記者，現在在西區以發行不良的黃色書刊和為NO.6高官找樂子為業。曾經歷過NO.6初創建的時期，並知道許多不為人知的黑暗內幕。力河與紫苑的母親火藍是舊識，年輕的時候曾經非常喜歡火藍。

火藍&立克

老鼠家附近的孩子，是一對姊弟。因為家裡非常貧窮，常常吃不飽，而紫苑因為火藍與母親同名，所以對她很有親切感，表示有空時願意讀故事給火藍還有其他小孩子聽。

楊眠

小女孩莉莉的舅舅。外表上看起來，他是一個身材瘦高、長相平凡的中年男子，但其實對於NO.6，內心藏有諸多不滿和憤恨。在一個偶然的機會下，曾出手救了紫苑的母親火藍一命。

借狗人

個子矮小，擁有一頭長到腰際的黑髮，經營西區內一間殘破的舊飯店，以出借狗給投宿的人取暖為主業；因為聽得懂動物的語言，所以也利用狗到處打探情報，並將情報販賣給需要的人。

市長
市長有一對愛抖動的大耳朵，學生
時代的綽號叫「大耳狐」。密謀未
知的計畫，期望將以市長的身分來
掌政的時代結束，改以君王的身份
絕對掌管NO.6，統治這塊土地。
白衣男
長髮、帶著一副度數很深的近視
眼鏡，終日從事瘋狂的人體實
驗。與市長在學生時代為同學。
和市長各懷鬼胎、相互利用，企
圖掌控NO.6。

I 序幕

哭吧！哭吧！哭吧！哭吧！啊啊！你們都是雕像嗎？如果我有你們的舌頭和眼睛，我就能哭得震撼穹冥。啊啊！她死了！

（李爾王　第五幕第三場　三神勳譯　河出書房新社　《世界文學全集》）

穿過關卡，外頭是一片漆黑的世界。

好冷。男人打著哆嗦，豎起大衣的領子。最高級的喀什米爾製成的大衣，輕盈又溫暖，內建自動感應器，可以感應體溫與外頭的溫度，自動保持大衣內的溫度。這個感應器比郵票薄且輕巧。

男人微微露出的臉部可以感受到冰凍的空氣，不過被大衣整個包裹起來的身體，舒適又溫暖，所以，他會打哆嗦，並不是因為冷，而是因為黑。

這個地方實在太黑暗了。

男人居住的NO.6，一個明亮的都市。不論晝夜，總是一片光亮，燦爛耀眼。不光是光線，因為生物技術進步，食物的供給穩定，不再受季節、天候左右，因此所有食材也都輕而易舉就能取得，能源供給也很穩定。只要住在都市內部，任何人都能過著乾淨、富足、安定的生活。世界上還有五個都市國家存在，但是，沒有一個地方擁有如此完善的環境，這也是NO.6被稱為神聖都市的原因。

男人在神聖都市的行政機構裡擔任要職，在中央管理局實質上的地位只在兩人之下，算是菁英中的菁英。今年滿三歲的兒子，在之前的幼兒健診中智能方面也被認定為最高層次，已經開始上幼兒的特別課程。

如果沒有意外的話——不會有意外吧。在神聖都市裡，不可能會發生無法預料的事情——兒子也會跟父親一樣，成為一名菁英，過著完美、無虞的生活。被認定為最高層次，就等於是得到這樣的保障。

男人還是不停打著哆嗦。好暗，怎麼會有如此不吉利的感覺？男人從來不知道，原來夜晚的黑是如此的深沉，彷彿無底洞一般。在踏進西區之前，他完全不知道。

那傢伙在搞什麼鬼啊！

應該要來接他的男人不在。每次他都彷彿潛伏在這片漆黑中似地等候著，今晚卻完全不見人影。

發生什麼事了嗎？

也許遇上了什麼突發性的事情。

如果真是那樣的話……那可不太好。

男人在黑暗中吐著氣息。

別在這裡徘徊比較好。趕緊再度穿過關卡，快步回到神聖都市才對……這樣做才是明智的。

理性命令自己回頭。快點打消念頭，回到舒適明亮的地方。

但是男人一動也不動。

再等一下，再等五分鐘看看。

那是男人的留戀。留戀用大把金錢，換取數小時的快樂與肆意。

在西區跟女人玩樂的數小時，讓男人留下不捨離去的依戀。不論肌膚、眼神、頭髮，跟各種姿色的女人嬉戲的時光，令他著迷不已。男人沉醉在這種歡愉已經將近一年，他戒不掉了。

最近市府的管制愈來愈嚴格，別說一般市民，連以前行動相當自由的高層人員也開始有諸多限制。出入西區也是限制的項目之一。

沒有明確理由、沒有報備，全面禁止進出其他區域。

在市府的公文上看到這一項規定時，男人輕輕地嘆了口氣。中央管理局是總括管理NO.6資料的部門，全市民的個人資料，當然也集中在此管理。市民個人的姓名、性別、生日、家族成員、智能指數、身體特徵、身體測量數值、病歷、履歷……還有市區各地設置的監視器及感應器、ID卡上內建的情報收集晶片，也會將每個人每天的行動，完完全全向中央管理局報告並整理成資料。NO.6已經有這樣的系統了。

徹底的管理與情報的集中化。不知道是幸還是不幸，男人位居這個系統的核心，常常濫用職權篡改自己的個人情報，消除記錄，當作自己不曾出入西區。

這是犯罪，他很清楚。深怕被發現的疑懼夾雜不可能被發現的自負情緒；沉溺於溫柔鄉卻又不想破壞安定生活的膽怯與自保的想法；還有仗著自己身為無可取代的菁英幹部，不可能隨便被處罰的自以為是。
各種情緒在男人的心底翻騰，天人交戰。
然而，今晚還是敗給了慾望，穿過關卡來到西區。

好慢，太慢了……
男人輕咬下唇。
看來今晚放棄比較妥當。
一個人呆站在西區的黑暗中，實在太危險了。
當男人轉身打算離開時，有個低沉的聲音呼喊自己的名字。
「富良大人。」
男人的名字叫做富良。黑暗中傳來低沉的聲音。
「讓您久等了。」
富良皺起眉頭，暗自鬆了一口氣。
「力河嗎？」
「是的，我來迎接您了。」

「你未免也太慢了吧？」
「很抱歉，我多花了一點時間。」
「花時間？出了什麼事嗎？」
不知道是不是因為力河搖頭，暗夜揚起了小小的漣漪。
「您不用擔心，不會給您添麻煩……其實……我是為了讓您盡興，所以花了一點時間。」
「怎麼說？」
傳來一陣笑聲，猥褻的笑聲。
「我為了準備您喜歡的女人，所以拖了點時間。」
奸笑聲不斷傳來，暗夜也因此扭曲變形。
「不過，我一定會好好補償您的久等，您一定會滿意。」
「那女人這麼棒？」
「是極品。」
富良吞了口口水。可以的話，他也想跟力河那樣卑鄙地笑，但他忍住了。
住在西區的力河跟自己，地位簡直是天壤之別，怎麼能發出相同的笑聲呢？

對富良而言，西區能帶給他甜美又淫穢的快感；但是那些住在西區的人，不管是力河，還是那些女人們，跟自己是不同等級的人。雖然還不至於說他們是微不足道的螻蟻，但也跟家畜差不多了吧。人類與家畜、支配者與被支配者，周邊地區只為了供給神聖都市的需要而存在。富良自小受的就是這樣的教育。

「……請跟我來。」

力河邁開腳步，富良也默默地跟著。

舊式的石油車坐起來很不舒服，東搖西晃，穩定性相當差。道路本身也是坑坑洞洞，車子好幾次都差點翻覆。剛開始來西區時，富良還因為不舒服而大發雷霆，現在已經不覺得怎樣了。身體已經習慣NO.6整修得十分完善的道路，以及配備有振動調節裝置的雙動力車，對這種突來的搖晃、傾斜反而覺得特別又有趣。最重要的是，感覺就像是為即將開始的時間揭開序幕，令他的心情雀躍不已。

「對了，」

富良從後座傾身向前問：

「是怎樣的女人？」
「應該正合您的胃口，您一定會喜歡。」
「可是之前那個女的根本不怎麼樣嘛。」
「我知道。今晚這個女人就是您喜歡的類型……個頭小、纖細……而且非常年輕。」
「你是說……年輕？」
「是的。因為她是這一帶的人，無從得知真正的年紀，但她的確非常年輕。也因為如此……還沒有過經驗。」
「你確定？」
「確定。而且她好像有南方異國的血統，從外表看得出來。」
「哦。」
「身體成熟的女人到處都有，但是年輕女人就比較難了。也不能給您找個像流浪漢一樣，瘦弱骯髒的小鬼，可也不能強拉這樣的人來……而且，要讓還沒有經驗的女人做這種事，該怎麼說呢……我也會覺得良心不安。」
騙誰啊！

富良在心裡謾罵。
你不是為了錢什麼都肯做嗎？現在居然說會良心不安？笑死人了。
應該是聽不到富良心中旁白的力河，以沙啞的聲調，呵呵地笑了笑。
車子停了。外頭還是籠罩在一片漆黑之中。

「這裡是？」
不是往常力河準備的地方。
「飯店啊！」
「飯店？」
「很久以前，這裡是一間滿華麗的飯店。」
力河下車，點起提燈。
「那女人一家子就住在這裡。她堅持要在自己的房間才肯接客……畢竟還是個孩子，大概會害怕去別的地方吧。」
「可是……」
「請放心，她的家人都被我趕出去了，今晚只有您跟那個女人在這裡……

啊，不對，還有狗在。」

「什麼？」

「狗啊。那女人的父親做狗生意，所以這裡有很多狗。」

什麼是狗生意？富良無法想像。總不會是開寵物店，難道是剝皮賣狗肉嗎？

「請跟我來，小心腳步。」

力河提著燈籠。看著力河的側臉在燈光下忽明忽暗，富良也緩慢地邁開腳步。

他並不信任力河這個男人，一丁點也不相信他。然而，對這個男人而言，自己是他最大的客戶，這點無庸置疑。死愛錢又只相信錢的人，不可能會傷害自己的搖錢樹。因為這樣，富良對走在前面幾步的男人，從來沒有戒心。

力河口中這棟原本華麗的飯店，已經崩塌一半以上，幾乎變成廢墟了。無數的瓦礫堆積，處處都積滿了水。不知道是地板的建材已經腐爛，還是生了青苔，皮鞋走起來黏黏滑滑，很沒有安全感。打上臉頰的風，冰冷到刺痛。爬樓梯。傳來淡淡的異樣臭味，在NO.6絕對聞不到這樣的氣味，所以富良並不曉得這就是臭味。他們穿過原本是大廳的寬敞空間，再繼續往上爬。

「啊……」

富良不自覺驚呼，停下腳步。那裡似乎是一條細長的走廊，感覺就像筆直延伸到深處。不過這只是富良的感覺，消失在黑暗中的前方究竟有什麼？不習慣黑的富良，什麼也看不見。

就在燈籠微微燈光的照耀下，他看見蹲在四處的影子。

「狗嗎？」

「是的。」

「為什麼養這麼多狗……」

「原因很多，不過跟NO.6的高官一點關係也沒有。您不必在意，這些傢伙很溫馴，不會咬人，也不會撲上來。好了，請跟我來，那女人就在前面的房間裡。」

的確，那些狗只是蹲著，既沒有吠叫，也沒有張牙舞爪，甚至幾乎動也不動。

「好了，就在前面，請跟我來。」

那是一道老舊的木門。也許是因為提燈的光線，老舊的門反而透露出溫暖柔和的感覺，就像一名高尚的老婦人。彷彿眼前有一名滿頭白髮、優雅的老婦人，坐在向陽處，手上拿著編織棒，膝上放著白色的毛線球……

富良側臉空咳了幾聲。他一直隱瞞著自己有幻想癖的事情，要是中央管理局的高官，有幻想癖這件事公諸於世，那可就不得了了。

想像、編故事、說夢話、陷入沉思，這些都是NO.6忌諱的事情。雖然表面上沒有取締、禁止的法令，但是如果是一般市民的話，會成為揶揄、輕視的對象，如果是中央機關內的人員，則會被認定為不適任，成為解雇的正當理由，也就是會被排擠掉。

門開了，當然是手動的。有著圓形銀色把手的門發出吱嘎的沉重響聲，向內側開啟了。

這是一間天花板很低的昏暗房間，照明來源只有力河手上的提燈，以及桌上有一座燭台，上面燃燒著一根蠟燭。也許因沒有窗戶所以並不冷，但還是聽得見風聲，彷彿多重奏一般，有好幾種風色重疊、交纏，傳入耳中。不知道這建築是怎樣的設計，才會產生這種現象。

勉強算得上家具的東西，只有放著燭台的桌子、粗糙的屏風，還有房間的角落裡一張同樣粗糙的簡易床鋪。有一個人從頭蓋著毛毯，縮著身子，坐在床上。的確很嬌小。毛毯下的那雙腳細到可憐，不過形狀還不錯，膝蓋以下細長，如果能再多長點肉，那一定是一雙美腿吧。

「如何？」

力河在耳邊輕聲問：

「是好貨吧？富良大人。」

「是嗎？我還不確定。」

富良在床上坐下，伸手抱住毛毯下的瘦小身軀。

他感受到指尖傳來微微的顫抖。

「害怕嗎？其實沒有什麼好怕的。」

富良脫掉外套，連毛毯一起把對方拉過來。手心傳來的顫抖愈來愈劇烈。富良拉開毛毯，映入眼簾的是如同暗夜一般黑的頭髮，以及纖細的脖子。女人抗拒般地低著頭，卻反而更加暴露，就算光線微弱，也看得出來她的肌膚滑嫩，而且呈現褐色。

原來如此，看來這可能是上等好貨。

富良撥開長髮，將嘴唇湊到脖子上。有淡淡的臭味，跟剛才在樓梯聞到的味道一樣。是狗的氣味，禽獸的氣味。然而，這樣的味道不但沒有減弱富良的慾望，反倒讓他更渴望了。

在衛生管理完善的NO.6裡，這樣的味道想聞也聞不到。瀰漫著這股味道的身體，更加吸引著富良。

「那麼……我先走了，您慢慢玩。」

力河帶著微笑，打算離開房間。富良撫摸著纖細小腿的手停了，這是他第一次起了疑心。

「等等。」

背對著的男人出聲叫住他。力河停下腳步，緩緩回頭。

「還有事嗎？」

「很奇怪。」

「奇怪？什麼奇怪？」

「為什麼你沒有先要錢？」

力河僵住了。沒多久，他才小聲地說，啊啊！錢啊！

「你不是每次都要求先付錢嗎？為什麼今晚連提都沒提？」

「對哦，我忘了啦。」

「忘了？你會忘了錢的事情？」

心中的疑問像雪球越滾越大。這個男人會忘記錢的事情？比誰都貪心又吝嗇的這傢伙……不可能。

猜忌和懷疑馬上轉為不安情緒。

異於往常。為什麼？為什麼……

小小的身軀從富良的懷裡跳了起來，毛毯滑落地板。

「夠了吧！混蛋！我幹不下去了，開什麼玩笑！」

富良張著嘴巴，一臉吃驚地看著這個揮開長髮、張牙舞爪的對象。

「力河，這是什麼情形？」

「如同您看到的。」

「你不是說替我準備年輕女人嗎？」

「年輕女人、年輕男人，其實沒什麼差別啦。您只是還不了解自己，我覺得也許您會有這方面的偏好。」

黑髮少年更加張牙舞爪，彷彿野狗一般。他大喊：

「酒精中毒的老頭少在那邊胡說八道！為什麼不照我們講好的去做？你們這三個人，我要把你們的肉絞碎給狗吃。你們給我記住！可惡！」

講好的？三個人？這是怎麼一回事？

富良抓起大衣，站了起來。他一邊穿上衣服，一邊環視四周。四邊都很昏暗，昏暗得令人毛骨悚然。

總之，待在這裡太危險了。

「您要去哪裡？」

力河帶著微笑，擋在門前。

「我要回去，讓開！」

「別這樣嘛，冷靜一點，講這種掃興的話，真不像富良大人您啊。」

「快讓開，要不然……」

富良握住口袋裡的小型手槍。那是一把電子槍，雖然殺傷力不強，但也足以防身。他拿出手槍，瞄準力河的額頭，如果他再不讓開就絕不留情地開槍。雖說只是一把防身用手槍，但是仍舊是手槍，對準額頭正中央開槍，一樣會要人命。這些傢伙就算死了也無所謂，反正都是一些算不上是人的傢伙。

「好戲才正要上場，你現在走，豈不太可惜了。」

這話語從背後傳來。在同一時間，富良的嘴巴被摀住，手腕被用力握住。槍從指尖滑落。只不過從後被摀住嘴巴、抓住手腕而已，富良卻完全動不了，一點也使不上力。一股冰冷的氣息吹拂過耳際，呢喃聲滑進耳裡。

「何不再留一會兒呢？我們絕對會帶給你永生難忘的美好回憶。」

嬌豔的聲音，沒有絲毫混濁。甜美、清澈、好聽，富良無法判斷聲音的主人究竟是男是女。如果順從地答應這個聲音的邀請，也許真能有一個永生難忘的美好回憶。雖然只是一瞬間的念頭，不過富良真的這麼想過。
腳被絆了一下，富良整個人摔落在地板上。他無法呼吸，意識也漸漸遠離。

「老鼠！」
借狗人一腳踢開毛毯，怒吼著說：
「這和我們當初說好的可不一樣啊，你到底在幹嘛！」
「別吼。」
老鼠翻著被綁起來的男人大衣，從口袋裡拿出一個小皮袋。
「你該學學你的狗兒們，乖乖地睡覺啊，借狗人。」
「開什麼玩笑！為什麼不早點出來！」
「我忘了台詞，剛剛還在翻劇本，抱歉。」
「開什麼玩笑！開什麼玩笑！開什麼玩笑！你這個沒原則的混帳東西、騙子、三流演員。你跟狐狸一樣狡猾、比豬還不知廉恥。我再也不會相信你了！你最好被狗身上的跳蚤吸乾血。」
「別再吼了，有必要那麼生氣嗎？不過晚個兩、三分鐘出來而已。」

「就在那兩、三分鐘，我被舔脖子又摸腳耶。」

老鼠微笑著。如同一個望著幼子耍賴的母親，露出溫柔的苦笑。

「借狗人，凡事都是經驗。被ＮＯ．６的高官舔脖子，可是非常珍貴的經驗唷，你要好好珍藏這段回憶。」

借狗人的拳頭顫抖著。褐色的小臉龐上，黑眼珠閃著光芒。

「最好是啦，那為什麼你不來演這個角色？」

「為什麼要我演？」

「因為你很適合演娼婦啊！誆騙男人，讓男人言聽計從。虛假、淫蕩、壞胚子的角色，你一定演得活靈活現。」

這時候，紫苑才回過神來，開口對借狗人說話。在這之前，他無法跟上事情的演變，只是茫然地望著。

「借狗人，你說得太過火了，別說了。」

借狗人轉頭看著紫苑，非常生氣。

「紫苑，你也一樣！為什麼這個男人坐上床的時候你沒有立刻衝出來？我們不是這麼說好的嗎！」

「嗯……是沒錯……」

紫苑本來想那麼做。事先本來說好當力河帶來的男人，也就是這個叫富良的中央管理局高官一坐上床時，他們就立刻從屏風後面衝出來，制服他。事先說好的順序是這樣，紫苑原本也打算照那樣行動。

但是，老鼠阻止了他，老鼠抓住他的肩膀示意他不要出去。床發出吱吱的聲音，男人慢慢逼近借狗人。紫苑感覺得到借狗人的恐慌。然而，老鼠卻按兵不動，靜靜隱藏在黑暗中，連一點呼吸聲都沒有。

「我要回去，讓開！」

「別這樣嘛，冷靜一下，講這種掃興的話，真不像富良大人您啊。」

「快讓開，要不然的話……」

男人從口袋裡抓出某個東西。這時，老鼠又無聲無息地滑了出去。紫苑完全沒有察覺老鼠的動作，雖然他就站在老鼠身旁，卻連一點風吹草動都沒察覺。

「何不再留一會兒呢？我們絕對會帶給你永生難忘的美好回憶。」

當老鼠的聲音貫穿多重的風聲傳來時，紫苑才驚醒，從屏風的後面衝出來，站到借狗人旁邊。這個時候，男人已經躺在地板上呻吟了。

借狗人依舊皺著鼻頭，氣得咬牙切齒。

「是沒錯？什麼是沒錯！原來你只有照顧狗這件事做得來啊！你這個天生的笨蛋，一點用都沒有！」

紫苑無法回嘴。當他被逼到幾乎走投無路時，他就已經清楚知道自己是多麼無能又無用，不過，被正中弱點痛罵，還真難受。

老鼠蹲下，撿起地上的槍，在手上把玩，彷彿在測量槍的重量。

「最新型的防身槍。雖然很小，但是被打中要害還是會致命。如果他拿這玩意兒亂來，那可不好擺平。」

「所以你就悠閒地等這傢伙掏槍？」

「這樣涉險的機率比較低。」

「機率？那還真是好險。我在跟這個變態的傢伙對峙的時候，你們兩個就在那裡算機率啊，真不愧是讀書人。下次一定要給我的狗兒們上一堂特別講座啊。」

「講話別那麼酸，你看。」

老鼠把皮袋倒過來，輕輕抖了抖。五枚金幣掉在桌上。

「五枚金幣啊。才玩一個晚上耶，大叔，真是天價啊！」

「沒那回事。」

力河開口了。是一種沉重、沙啞的聲音，跟剛才那種猥褻的口吻截然不同。

「我跟他說，這次跟以前的娼婦不同。我說我找到一個特別的女人，所以如果不要求某種程度的報酬，反而會被懷疑。他是個懷疑心滿重的客人。」

「原來如此。」

老鼠拈起一枚金幣。

「給你，借狗人，這是你的份。」

老鼠丟出來的金幣，從借狗人企圖去接的手上彈開，掉在紫苑的腳邊。紫苑撿起金幣，遞給借狗人。褐色的指尖微微顫抖著。

「借狗人？」

借狗人緊閉雙唇，似乎快哭出來的樣子。紫苑從未看過他這樣的表情，肩膀跟手也微微顫抖著。

他真的很害怕……帶著幾十隻狗住在廢墟裡，堅強地過著日子的借狗人無法控制身體的顫抖。恐懼與屈辱凌遲著他的心。

紫苑不知道借狗人的年紀，想必他本人也不知道。幾乎所有西區的居民，都不清楚自己的年紀、不曉得自己的父母親是誰、也不知道自己在哪裡出生，甚至無法確定明天是否能活下去。

不過，可以想像得到借狗人很年輕，比十六歲的自己還年輕。雖然他可以若無其事地做出近乎詐欺的壞事、竊盜，有時候甚至還會恐嚇。縱使被眾人痛罵，被投以輕視、侮辱的話語，他都能文風不動。但他卻無法忍受在昏暗的房間裡，坐在床上當誘餌。他就是這麼年輕。

借狗人的怒斥與惡言惡語，就是他膽怯的證據。

「對不起。」道歉的話脫口而出。

「是我們不對，抱歉，借狗人。」

借狗人眨著褐色的眼睛，眼眶已經紅了，嘴唇也顫抖著。紫苑將手搭在瘦弱的肩膀上。他不認為這樣就能安撫對方的怒氣與混亂，也不是想要對方原諒他，他只是想起小時候，母親火藍常常這樣抱著他。他無言地將手輕輕搭在借狗人肩上，就想起那種滲透心底的暖意。

只是這樣而已。

借狗人並沒有抵抗。他稍微移動身體，將額頭抵在紫苑的懷裡。

「可惡……大家好討厭。」

「嗯。」

「討厭……討厭……最討厭了……」

「嗯。」

「為什麼不出來……我一直忍著不叫出來……我一直忍到真的受不了了。」

紫苑再一次說了聲抱歉，並使力握住借狗人的肩膀。

咦？

紫苑突然覺得困惑。指尖傳來一種意料外的感覺，紫苑摸到的是柔軟的肉體。雖然借狗人瘦弱又全身排骨，但是很柔軟。並不是堅硬扎實的肉塊，而是柔軟帶點圓潤的感覺。

很像觸摸過幾次的沙布的肩膀。

該不會……怎麼可能……

紫苑盯著借狗人看。借狗人離開紫苑的胸膛。老鼠再拋出另一枚金幣。這三件事幾乎發生在同時間。這次借狗人牢牢地抓住金色的錢幣。

「這個是特別獎金。」

「真感謝啊，老鼠大人。」

「你並不是做白工，你是自願接受誘餌的角色，以換取金錢。」

「這不用你說，我也知道。」

「那你就不要現在才在那裡鬼叫。不到十分鐘就賺了兩枚金幣，這種工作可不是隨時都有。」

「我不是說我知道了嗎？但是，我絕對不再扮第二次了，下次你自己上場，要不，找這個天真少爺去扮。」

「不會有第二次了。」

老鼠將剩下的三枚金幣，塞給力河。

「剩下的是大叔的。」

「你們呢？」

「不需要。」

「原來你這麼不愛錢啊！」

「算是吧。」

「接下來錢派不上用場，是嗎？」
「應該吧。」
「這樣啊……」
老鼠灰色的眼眸，看著力河因喝酒而赤紅的臉，問：
「怎麼啦？今天這麼客氣。」
力河沒有回答，只從口袋裡拿出酒瓶，灌了一口。
「這可是你最愛的金幣耶，為什麼不拿？上面沒有下毒吧。」
「應該沒下毒啦，不過它可是比毒藥更麻煩的東西。」
玻璃瓶中，茶色的液體搖晃著，房間裡瀰漫著刺鼻的酒精味。力河再灌了一口廉價的酒，輕輕地咳了兩聲，接著說：
「欺騙神聖都市的高官，還把他綁起來，掠奪他的金幣。隨便出手拿這種錢，可是會要人命。」
老鼠輕輕地笑了起來，回應他說：
「你現在才知道怕？」
「對。」

力河很乾脆地點頭，接著用手背擦了擦嘴角，說：

「我現在才知道怕。這下子……我們真的跟NO.6為敵了。」

「它本來就是敵人。那個都市從很久以前，就是我們的敵人。你是沒發現？還是假裝不知道呢？大叔。」

力河一口氣灌光剩下的酒，用力地嘆了口氣。蠟燭的火焰搖曳，四個人的影子微微搖晃著，幾乎要融入黑暗裡了。

「伊夫。」

「你……不怕死嗎？」

力河喊著老鼠在舞台上的藝名。不知道是不是醉了，他有點口齒不清。

「死？還真奇怪的問題。」

「你在跟神聖都市為敵，你不會認為自己還能悠哉悠哉地活下去吧？你應該沒那麼天真。」

「大叔。」

老鼠撫摸著桌面，金幣彷彿魔術般地消失。

「很抱歉，我一點也不想死；活下來的人才是贏家。要消失的，是它，而活下來的是我們。對吧？」

「你真的那麼覺得？」

「當然。」

「瘋了，你瘋了，你活在幻夢中啊，伊夫。我們不可能贏，連百分之一的可能性都沒有。」

「也許吧。」

「你太亂來了。你說的話、你做的事都太亂來了，簡直就是狂人的戲言。百分之一耶，〇·〇一。你就賭這麼小的可能性嗎？」

「是很小，但是並不是零。所以說，不試試看怎麼知道呢？」

「伊夫！」

「手。」

「啊？」

「請伸出您的手，陛下。」

老鼠半用蠻力地抓住力河的手腕，翻出他的手心，然後將自己的手蓋上。三枚金幣出現了。

「這是你應得的，你就收下吧。」

空酒瓶從力河的手上滑落，發出響亮的聲音，碎落一地，酒的殘渣四散，弄髒了地板。

「跟借狗人一樣老老實實地收下吧。我們已經放手一搏，無法回頭了。聽清楚，我說的是『我們』喔。」

「我們……」

力河歪著嘴，盯著手中的金幣，接著說：

「坐在同一條船上的夥伴。」

「沒錯，你們是非常重要的夥伴，每個人都有各自扮演的角色，幕已經拉上了，事到如今你想退縮，那才是天方夜譚，大叔。」

「如果我說我不演了呢？你會殺了我嗎？」

「如果你希望的話。」

「你應該會用很漂亮的手法吧？用小刀割斷脖子？還是一刀刺進心臟？」

「別那麼高估我，小刀可不像外行人所想的那麼好使呢。」

老鼠對著力河微笑。力河縮起下巴，表情更僵硬了。老鼠繼續說：

「常常會一個不小心，打滑了一下，沒刺中要害。這麼一來，對方就很慘了。想死，死不了，痛苦得滿地打滾。真的很慘呢。我是絕對不想看到我重要的夥伴這麼慢慢死去。」

力河低聲呻吟，將金幣收進口袋，丟下一句話。

「惡魔。」

借狗人站在紫苑的旁邊，哼了一聲。

「你不早就知道這傢伙是惡魔了？現在才想到要抵抗，太遲了。」

不對。

紫苑握緊拳頭。

老鼠不是惡魔，我比誰都清楚。

他救了我好多次，讓我不至於被逼上絕路。我憑藉著他對我伸出的援手，遠離險境。不光是性命，我的心靈也因他得救。我深信。

老鼠一把拉起紫苑，教導他從高處看世界。告訴他的確有一個這樣的世界，不是包圍在城牆裡，與其他地方隔離，獨善其身，而是無限寬廣，有各式各樣的人生活在一起，完全沒有可以被稱為生活、價值觀、神或是正義的東西。如果沒有遇見老鼠，他一定會一無所知，直到老去。一定就在神聖都市裡，享受著虛假的繁榮與富裕，完全不會嚮往城牆的外側，安穩地過日子。

看吧。

老鼠說過。從虛假的世界爬到這裡來吧。然後用自己的眼睛去看、去想。別管被告知、被給予的價值、道德、正義，要用自己的腦袋去思考什麼是正確的、什麼是有意義的事情、自己究竟想要什麼，又相信什麼。要去思考！

這番話老鼠說過好多次，有時候熱情，有時候冷冷地用聲音、眼神、動作。老鼠總是不斷地、不斷地、不斷地對我說，不是嗎？

自己的想法、自己的欲望、自己的思考、自己的感覺、自己的希望、自己相信的東西、希望相信的東西……究竟是什麼？自從遇見老鼠之後，紫苑一直不斷地思考。雖然未知的東西還很多，但是苦惱與不斷地思考，讓紫苑的靈魂復甦，注入活生生的鮮血。

活著，就是那麼一回事。

掌握自己的靈魂，絕對不讓渡給任何人。不被支配，不做附屬。

活著，就是那麼一回事。這是老鼠教我的，老鼠為我的靈魂注入新血。

而且……

而且，把大家拖下水的是我，並不是老鼠。我為了拯救被治安局抓走，關進監獄裡的沙布，把其他三個人拖下水，把大家捲進力河所說的，連百分之一的勝算都沒有的危險戰爭中。

「怎麼了，紫苑？表情這麼恐怖……一點都不像你。」

借狗人不解地說。紫苑搖頭。

「不對。」

「啥？」

「你錯了，借狗人，還有力河叔叔也是。這次的事，全是因為我。」

紫苑對上老鼠的眼睛。其實他是被一股強烈的眼神吸引，不由自主地看過去。那一雙富有光澤的深灰色眼眸總是充滿活力，閃耀著光輝，好美。然而，卻絲毫不帶有感情。從相識的那時候開始，一直都沒有改變。那雙紫苑在被冰冷的手指掐住喉嚨，壓在牆上時，看到的眼眸絲毫沒有改變過。

老鼠慢慢地錯開眼神，如同歌唱般地呢喃了起來。

「我是否定之靈。沒錯，就是你們所說的罪孽、破壞、邪惡這些東西。」

「什麼？」

借狗人動了動鼻子。

「紫苑，這個瘋狂戲子在說什麼？」

「是梅菲斯特。」

「哈？那是什麼？可以吃嗎？」

「是《浮士德》這本書裡出現的……惡魔。」

「惡魔講惡魔的台詞啊，很適合嘛。」

「我就說你錯了啊，老鼠怎麼會是惡魔？」

突然傳來男人的呻吟聲。被綁起來的身體動了動。

「唷，我們的客人好像醒了。」

老鼠拿出皮革手套，揮了揮。嘴角浮現淡淡微笑。

「那麼，開始第一幕第二場吧。」

力河仰望天花板，嘆了口氣。借狗人用力地聳聳肩，然後瞄了紫苑一眼。

「紫苑。」

「嗯？」

「他是惡魔。」

「什麼？」

「那傢伙是惡魔。我想……不知道真相的人，是你。」

2 第一幕第二場

開什麼玩笑
我們
是為了活下去
才一直逃
（《手塚治蟲名作集17大娃娃》　集英社文庫）

風聲愈來愈大。吹拂過廢墟的風，呼呼作響，帶點淒涼的感覺。

就在這樣的風中，男人醒了。他看起來感覺並不是慌張，就這樣被綁著坐在地板上，環顧四周。

「這是怎麼一回事？」

男人以微微沙啞的聲音這麼問。然而，沒人回答。
「這是怎麼一回事？力河，你知道你自己在做什麼嗎？」
「很可惜。」
力河嘆了不知道是第幾次的氣。
「我非常清楚，雖然我一點也不想知道。」
「放開我。」
男人扭動著身子。不過，不知道是不是察覺到愈動，繩子就吃得愈緊，馬上就安靜下來了。他再一次環顧四周，空咳了幾聲。態度很平靜。
「你們的目的是什麼？錢？做出這種事，你們以為自己會全身而退嗎？」
「全身而退那可就不好玩了。」
老鼠單膝跪在男人面前。只見男人睜大了眼睛，說：
「美人。」
男人的臉上浮現笑容。
「力河，這個才算是好貨呀！」
「如果你不嫌棄的話——」

戴著皮手套的手抓住男人的下巴。

「我隨時可以陪你。不過，我很貴喲，區區五枚金幣，怎麼夠？」

「果然是為了錢，那你要多少？」

「我不要錢。」

嘲笑般的笑容從男人臉上褪去。他雖然企圖縮起下巴，但是老鼠的手牢牢抓住他，一動也不動。

「不要錢……那你要什麼？」

「情報。」

「你說什麼？」

「我要情報。把你知道的情報，全部在這裡吐出來。」

「你在說什麼鬼話……」

「那麼我就會好好陪你。這應該是一件很划算的買賣。」

「開什麼玩笑！西區的居民膽敢要情報？你們這種低等的傢伙，知道神聖都市的情報要做什麼？啊？有什麼用處？你們只需要乖乖待在適合你們的地方匍匐，做個下等人就行了。」

接著傳來一個清脆的響聲，老鼠的右手用力地甩了男人一個耳光。男人跌倒在地上。老鼠抓著男人的頭髮將他拉起來，又重重地甩了男人另一邊臉頰一個耳光。再一次，然後又一次。每一次男人都來不及出聲，就摔倒在地上。

紫苑屏息凝視著。蠟燭的火焰照耀著老鼠毫無表情的側臉。如同戴著面具一般，毫無表情地折磨著男人。

「老鼠……」

紫苑顫抖著。

住手。再這樣下去……

在紫苑就快踏出腳步時，一隻褐色的手伸了出來。

「借狗人。」

「你就靜靜地看著吧，大少爺。」

借狗人用舌尖舔了舔雙唇，輕聲地說：

「好戲才正要上演，別插手。」

「可是，這……這太過分了。」

「紫苑，我記得你以前曾說過，」

「我說過什麼？」

「你對我說過，老鼠很溫柔，對吧？應該是在這個房間裡說的，你忘了嗎？」

「我記得。」

借狗人呵呵地笑了出來。

「好戲要上演了，紫苑。你就好好看看你可愛的老鼠寶貝，究竟有多溫柔吧。」

男人的嘴角破了，嘴裡好像也受了傷，參雜著唾液的血一點一滴地落下。

「住……住手。」

男人喘著氣。老鼠停下手。

「想乖乖說了嗎？」

「我……我什麼也不知道……」

「中央管理局的高官什麼也不知道？這笑話一點都不好笑。」

「情報……全都由電腦管理、處理………我知道的事情……沒那麼多。」

也許他說得沒錯，紫苑想。就算是高官，也無法接觸到NO.6內所有的情報。愈是機密的事情，愈是被包裹在重重高牆內，應該只有少數幾個人才能知道。少數幾個人……

是誰呢？他突然這麼想。那是過去從未萌生過的疑問。NO.6的市府大樓，被稱為「月亮的露珠」的半橢圓形建築物，君臨於那裡的男人。

市長？

締造NO.6的繁榮，深受市民支持與尊敬的人物。在過去的市長選舉當中，除了第一次之外，全都是沒有競爭者的平靜選舉。

是那個人嗎？

紫苑的腦海裡浮現電視畫面中的市長，笑容很柔和的市長。

除此之外沒看過市長有其他表情，也沒辦法看到。都市越繁榮進步，市民親眼見到市長的機會也越來越少，而市長的聲望也越來越高。透過媒體對市民發表談話的市長，總是帶著知性與慈悲，是一名溫厚的紳士。

「真討厭的傢伙。」

母親火藍曾這麼說過，然後馬上關掉電視。母親用罕見的尖銳語調批評人人稱頌的市長，儘管當時紫苑還不滿十歲，卻感到十分驚訝。

「為什麼說他討厭？」

「我不喜歡他的耳朵，看起來好低級。」

「耳朵？」

「一直動個沒完，好像看上獵物的野獸。」

畫面上市長的耳朵有動個不停嗎？紫苑歪著頭想。火藍一臉嚴肅地要他不可以告訴別人；那時候，不准有批評市長的言語、行動，要市民自我約束的氣氛，已經籠罩著全市。距離那個時候已經過了快十年，如今市長仍是NO.6的最高權力者，穩坐在市長辦公室裡，而自己已經在城牆外了。

「回答我的問題。」

老鼠低沉的聲音，如同匍匐在地面上，傳進紫苑的耳裡。

「監獄裡新增的設備是什麼？目的又是什麼？」

男人搖頭。

「不知道。」

「歸哪一局管轄？」

「不知道。」

「前幾天，一名菁英女學生被治安局逮捕，我們知道她被關進監獄了。她跟新增的設備有關係嗎？」

「不知……道。」

「聽說最近，都市內部出現原因不明的病患。這是真的嗎？他們有什麼症狀？有多少人？」

沒有回應。老鼠挺起腰，輕輕地聳聳肩。

「這麼了不起的人，語彙卻這麼貧乏啊！你泡馬子時，應該花言巧語多了吧？」

「快給我鬆綁。」

不知道是不是嘴巴腫起來了，男人的聲音聽起來含糊不清。

「放開我，讓我回去。我會忘了今天的事情，當作什麼也沒發生。」

「那還真謝謝你。這麼寬宏大量，太感謝了……借狗人。」

「幹嘛？」

「壓住這傢伙。」

「來了。」

借狗人迅速走到男人背後，抓住他的肩膀跟手臂。老鼠拿掉小刀的刀套。

「你們要幹什麼！」

男人發出僵硬的聲音，額頭也冒出汗珠。

「別激動，我只是要完成你的希望而已。」

白色的刀刃發出淡淡的光芒。毫無任何裝飾的小刀，美得令人毛骨悚然。繩子被割斷了。老鼠收起小刀，緩緩地拉起男人的手。他抓住男人的手腕，盯著對方看。應該已經獲得自由的男人卻一動也不動。也許是動不了，被灰色的眼眸盯住，想動也動不了。

戴著皮手套的指尖撫摸著男人的手心。

「我以為NO.6的高官稍微給點苦頭吃，馬上就會叫媽媽要爸爸，什麼都說出來。看來我錯得太離譜了。」

老鼠一根一根地撫摸著男人的手指，輕聲嘆息，彷彿愛撫一般。

「你有種，太厲害了，應該給你一點獎勵。」

男人的手心上，多了一塊玻璃碎片，是破酒瓶的碎片。

「再一個。」

碎片邊緣發出暗淡的光芒。

「這是什麼……你要做什麼……」

顫抖著聲音與身體，男人不停搖頭。

「住手，別這樣。」

「為什麼？這是給你的獎勵啊，你就收下吧。」

老鼠的手包住男人的手，用力握住。

風停了。寧靜的屋內瞬間響起悲鳴聲。力河變臉，錯開視線。借狗人壓著男人的身體，閉起眼睛，緊咬著嘴唇。

「說！」

老鼠握著男人的手，簡短地發出命令。
「回答我所有的問題，不然，我要你五根指頭都廢掉。」
「老鼠！」
紫苑在出聲喊叫的同時，衝了出來，撞上老鼠的身體。染血的玻璃碎片從男人的手心掉落。
「住手，快住手。」
大概是預測到紫苑的行動，老鼠既不吃驚，也不生氣，連臉色也沒有變，只是輕輕咋舌而已。
「別插手。」
「不行，你不能這麼做，這……這不就是拷問？」
「你有別的方法嗎？你以為只要低頭拜託，這傢伙就會全部告訴你？」
「我……可是，可是這樣不行，你別這麼做。」
「紫苑，你快把那種天真的想法丟掉吧，否則接下去都不用做了。我們不是在扮家家酒，這可是戰爭。」
我知道，也很清楚。我很明白自己的天真，也了解接下來要開始的未來有多殘酷。可是……

「可是……不行，不要拷問他，別這麼做。」

「為什麼？」

「他是人，不能折磨他。」

老鼠笑了出來。他別開臉，悶笑著。男人哇哇哭喊著，滿是鮮血的手顫抖著。借狗人喃喃地說可憐。老鼠穿著靴子的腳輕輕踢了男人一腳，然後轉身直視紫苑。

「你聽到這傢伙講的話了吧？西區的居民對這些傢伙而言，不過是低等、該匍匐在地上的螻蟻之輩，跟他們有天壤之別。他們根本不認為我們有血有感情，跟他們一樣都是人。管我們是流血還是餓死……我們再怎麼痛苦，也不干他們的事。他們就是這麼認為。為什麼只有我們必須要把他們當人看？如果我們是螻蟻，那他們也不是人……」

「我不想看！」

紫苑叫得比剛才更大聲。他大叫，阻止老鼠繼續說下去。

「啥？」

「我不想看。我不想看到你折磨別人。」

紫苑突然覺得噁心想吐。對於這樣的自己，體內升起一股強烈的厭惡。

不想看？那閉起眼睛不就好了？你總是這樣。遇到不想看的東西，總是避開不看，總是假裝沒看見。老鼠如此殘酷，是為了誰？不全都是為了你？這不是你強迫老鼠做的事嗎？要老鼠替你背負你自己該背負的污穢，而你自己盡在這裡講些漂亮話，不是嗎？那些都是漂亮話啦，紫苑。你說的話，你做的事，全都是一些假惺惺的虛假。你不會弄髒自己的手、不會要自己心痛、也不會讓自己受傷，盡會在這裡叫著不可以折磨別人，叫著正義。

如此獨善其身、如此傲慢、如此虛偽、如此輕薄、如此醜惡的本性！

那就是你！

不是別人的聲音，真真實實是自己的聲音在說話。噁心，一股厭惡感在心底翻騰。

但是，不想看，我就是不想看。這個想法是真實的。

「我……不想看。」

老鼠，我不想看你的冷酷，因為那是虛假的。你教我的，全都與重生、創造有關。你命令我活下去，你要求我去思考。愛他人、互相理解、團結、渴求……對，你教我的事情，全都跟冷酷搭不上邊。我不想看到虛假的你。

「伊夫。」

力河搖搖晃晃地走上前。

「紫苑說得沒錯，你就適可而止吧。富良自小就被當作菁英培育長大，對疼痛絕對沒有免疫力。再繼續下去，很可能會心臟痲痺，一命嗚呼。」

老鼠聳聳肩。看不出感情的眼眸，來回看著哭喊著的男人與紫苑。最後無言地往後退了一步，然後慢慢脫掉被鮮血弄髒的手套。

舞台讓給你吧。你就好好地、看你想怎麼樣，就用你的方法去問吧。

紫苑跪在四處都是血跡的地板，開始對男人說話。

「富良先生，你請聽我說。被治安局抓走的少女，是我非常重要的朋友。我一定要救她出來，因此，我需要你提供的情報。」

「好痛……好痛……我流了這麼多血……」

「如果你肯說的話，我就幫你療傷。」

「幫我止血，幫我止痛。快點。」

男人伸出手心。他哭著伸出手心。他的手心上有好幾處傷口，雖然滴血，但是傷口並沒有那麼深，只要不化膿，應該不會要命。

「那點小傷口，叫狗舔一舔，一個晚上就沒事了啦。」

借狗人露出牙齒，嘿嘿地笑著。

「力河叔叔，可以幫我準備乾淨的水跟酒精嗎？」

「能消毒用的酒精，就只有我的酒哦。」

「那就可以了。」

「水從河裡提來就可以吧？」

「嗯。」

「好，我去提。」

力河嘆了一口氣，離開房間。

紫苑再度面對男人疲憊的臉龐。

「我會幫你療傷，所以請你回答。我們沒有時間了，請你好好回答我們。」

「啊……我會……快點幫我止痛……快點。」

「監獄裡新增設的是什麼設備？」

「那個……我真的不知道。」

「連你地位這麼高的人都不知道，那就表示是屬於市的最高機密嗎？」

「沒錯……有一個直屬市長的專案團隊，那些全都是他們在管理……我們什麼也沒參與……無法參與。」

「無法參與？但是，你知道有這個專案的存在？」

「市投入了相當龐大的預算……因為列在議會審議預算的資料上……所以……」

「在議會上被質問嗎？」

那麼龐大的預算，當然會在議會上被質問，而且市長一定要答覆。是為了什麼的預算？為了什麼的專案？如果有議員提問的話……

「怎麼可能？」

男人的嘴角如同嘲笑般扭曲，說：

「誰敢對市長的專案有異議？誰敢質問？只是文件上記載著預算……我們也

是因此才知道……那個時候，就已經……」

「監獄裡的設備已經完工了。」

「對。」

「關於專案的成員呢？」

「不知道……連成員的名字、人數……我都不知道。誰也不知道……我想。」

借狗人吹起口哨。

「真厲害。沒有人知道，也不用說明，只要是市長的計畫，就能使用龐大的預算。難道沒有人會說話？天啊！太羨慕了，羨慕到我都快翻過去了。我也好想坐坐那個位子哦。」

借狗人真的抱著膝蓋往後倒，如同他所說的一樣翻了過去。

力河提了一個水桶進來。廢墟附近的小河，好像是來自山林中的湧泉水，總是流著清澈的河水。每到春天，河川沿岸就會盛開著淡粉紅色的小花。這是跟母親火藍同名的少女告訴紫苑的。

透明的水在老舊的水桶裡搖盪。

「我幫你洗乾淨。把手放在水裡……借狗人，有沒有乾淨的布？」

「乾淨？我不認識這個字耶。這裡可是西區，狗的舌頭可能是最乾淨的東西。」

力河默默地遞出一疊紗布。雖然有點老舊、泛黃，不過是沒用過的。在西區，紗布應該是貴重品之一吧。

「我就猜應該會有這種事發生，所以事先準備了。不過，沒有消毒藥那種好聽的東西，如果這個可以替代的話，就拿去用吧。」

力河丟了一個小酒瓶到紫苑膝上，裡面裝著無色的液體。

「是我特別保存的琴酒。」

「謝謝。」

男人的手浸在水裡。血如同紅色的水藻一般，在水裡搖盪。

「會有點痛哦。」

紫苑用沾著琴酒的紗布壓住男人的傷口。男人雖然呻吟，不過並沒有抵抗。

紫苑用紗布包紮傷口，並牢牢打結。

「神經跟筋並沒有切斷，你回去後好好重新治療，應該不會有大問題。」

「還是……好痛……」

「這裡並沒有止痛藥，請你忍耐。」

男人的視線，首次注意到紫苑。

「你……幾歲？」

「十六歲。」

「你的頭髮為什麼變成那樣？」

「這個啊……」

紫苑撫摸自己一頭色素幾乎褪光的頭髮。在西區生活，每一天都為了活下去而努力，這幾天腦海裡又只有沙布的事情，因此根本不在意髮色的問題，早忘了自己頭髮的顏色。雖然老鼠說，很有光澤，就某個角度來看，算是很漂亮。然而，年輕的十六歲與白髮，還是很不搭軋，看起來很奇怪。

「有很多原因，並不是我故意脫色。」

「你不是這裡的居民。」

「不是。」

「你從哪裡來？」

「城牆裡面。」

「從都市內部來的嗎？怎麼可能！」

「不久之前，我還生活在NO.6裡。」

「都市內部的人，為什麼會在這裡？」

「這個嘛……這也有很多原因。」

從城牆的內部到外側。就數據來說，並不是很遙遠的距離，然而卻是絕對隔絕的兩個世界。如果要解釋自己跨越界線，來到這裡的各種理由，那麼千言萬語也說不盡吧。

「你在裡面的時候，是做什麼的？」

「我負責公園的清掃業務，不過身分是學生。」

「喂，喂。」

借狗人撞了撞紫苑的手腕，說：

「你夠了吧，還這麼有禮貌地回答他的問題，立場顛倒了吧？」

「哦，對哦。」

「你怎麼會天真到這種地步啊？拜託，放聰明點行不行？真受不了你。」

「啊，嗯，對不起。」

「跟我道歉有什麼用？真是的，你實在不適合盤問，就像教鼴鼠游泳一樣白搭嘛。我的狗可能還比你厲害哩。」

借狗人搔著黑色頭髮，刻意挖苦地嘆了一口氣，讓紫苑有些無地自容。的確，他不知道盤問的方法，也不認為自己能做得好。他跪在地上，抬頭看老鼠。幾乎沒有光線的昏暗中，老鼠雙手交叉，靠在牆壁上。紫苑看不到他的表情。

紫苑緊咬下唇。沒時間了，已經不容許自己說什麼不在行、做不來的話了。

「富良先生，也就是說，你對監獄是一無所知囉？」

「沒錯。」

「那你認為是什麼呢？」

「啊？」

「就你個人的看法，監獄裡的設施是為何而設的呢？」

「我個人的……」

「對，市長不讓任何人參與，在背後偷偷建造的東西，會是什麼？我想聽聽你個人的看法。」

「我、我怎麼知道？幾乎沒有任何情報或是資料啊！」

「講你的推測、你的想像，就可以了。」

想像。男人緩緩唸著這兩個字。

彷彿要吃第一次看到的水果，十分恐懼地說。

「想像……」

空氣中瀰漫著酒臭味與血腥味。

風又開始呼嘯，發出更高亢、更悲戚的聲音。

男人失去血氣的雙唇動了。

「我認為……可能跟保健衛生局有關。」

「保健衛生局？不是治安局？」

保健衛生局統轄管理市的衛生，以及市民的健康，市內所有的醫院、保健設施，全在保健衛生局的管轄內。實施幼兒健診，早期遴選菁英就是這個局的工作之一；實施市民一年一度的義務定期健診，當然也屬於該局的業務。雖然很重要，但是應該不像治安局與中央管理局，檯面下直接和中央高層有接觸才對。紫苑在市內的工作單位——公園管理辦公室，就隸屬保健衛生局的末端組織，因此對於局的活動內容，可以接收到某種程度的情報，也有相當的認知。

監獄跟保健衛生局。看起來毫不相關的兩個機構，居然有關聯？

「富良先生，你為什麼會這麼認為？」

「只是單純的想像，是你自己說想像也可以。」

「是，沒錯。」

「是我的想像，只不過……」

「只不過？」

「市立醫院的……」

男人沒再說下去，把話嚥了回去。不是為了吊紫苑的胃口，而是猶豫，猶豫這種話是否能說出來。

紫苑在等。等待男人將想說的話，將心裡知道的事情，化成言語。除了等，他什麼都不會，所以他等。這是他的做法。

男人用包紮著紗布的手背，擦拭嘴角。紗布染成了紫紅色。

「幾個月前，市立醫院有人事異動。一些醫生……勤務態度跟能力都是最優秀的醫生、護士，各有幾名被調離市立醫院，但是不知道被調到哪裡去了。」

「不知道？」

「完全沒有記載。市民的所有檔案全都集中在中央管理局，連每一天的行動都完完全全被資料化。職場的異動，而且是市立醫院的醫生、護士的動向，更應該嚴密登記才對。」

「可是，卻沒有？」

「沒有。我覺得很奇怪，只是覺得……如此而已。」

「有想過去查嗎？」

「想都沒想過。就算想，也不可能真的去查；要是一個不小心接觸到機密情報，那就不得了了。」

男人別開臉，彷彿在說問這什麼蠢話。

保健衛生局、優秀的醫生與護士、監獄……紫苑的腦海中閃過了一些東西。

「我聽說NO.6內部出現一些異常變化，你覺得那跟監獄的事情有關聯嗎？」

「你說什麼？」

「不是出現病人了嗎？沒有嗎？」

「你們還查得真清楚，從哪裡得知的？」

力河搖晃著身體，吐出來的氣裡，滿是酒臭味。

「從NO.6來的客人，並不是只有你一個；不過，沒有像你這種大人物就是了。市井小民也有市井小民的情報，那些人躺在床上不小心就對女人說夢話了。」

「那算是情報？不過是傳言罷了吧？」

「有時候路邊的傳言，比公家機關公布的消息，更接近事實。不過……」

力河皺起眉頭，瞇著眼睛，接著說：

「最近市府的取締突然嚴格了起來，真是受不了。先別說你這種大人物，連最基層的傢伙，也愈來愈難到這裡來了。聽說再不久就會全面禁止，我看這行是越來越難混了。」

「而且還把你最大的客戶搞成這個樣子，我看你不只是很難混，根本很快就會破產吧，大叔。」

借狗人哈哈地笑著。力河瞪了借狗人一眼，小聲地咋了咋舌。

「總之，都沒得混了。我跟你也一樣。」

借狗人收起笑意，陷入了沉默。

「病人當然會送到市立醫院去吧，然後呢？情況如何？」

「不知道。」

「不是傳染性的疾病吧？」

「市府什麼也沒公布，而且，NO.6不可能會發生傳染病蔓延的情況。」

「的確。」

紫苑低頭看著自己的手。這雙手到處都是傷痕，皮膚乾燥，看起來骨瘦如柴。雖然喪失在城牆內側時的柔軟、滑嫩，但卻變堅強了，變成一雙活著、試圖去抓住什麼的手。這雙手將會布滿皺紋、彎曲，隨著時間老去。紫苑的腦海裡，浮現山勢死時的模樣。

「病人並沒有得救……說不定還死狀悽慘。比如，急速老化至死……是不是這種死法？」

男人有些驚訝，不可置信地瞇起眼睛問：

「你在說什麼？」

紫苑盯著男人，然後抬頭望向老鼠。夜愈來愈深沉，企圖隱藏一動也不動的少年身影。

這個人不知情，真的什麼都不知道。不知道寄生蜂的事情，不知道那起不可思議的事件，更不知道那種殘忍的死法。連位居高官的人，都一無所知。

「樣本。」

男人突然喃喃地說。

「樣本？」

「樣本的收集情況。保健衛生局的檔案裡，確實有這一項……」

「什麼樣本？」

「我不清楚。我只看到樣本的收集情況這個項目……沒有密碼無法進入查看。只是……跟這次市長的專案……」

「有關係嗎？」

「我猜的，應該有。」

樣本。真冷酷的說法。紫苑打起冷顫。

沙布。想起她，紫苑覺得更冷了。

「紫苑。」

老鼠終於出聲。昏暗的空氣動了。

「到此為止，從他身上已經問不出什麼來了。」

老鼠的聲音冰冷無情。男人察覺到那股冷酷，身體僵硬了起來。

「你、你要殺我？」

「當然。」

老鼠的靴子踏過未乾的血痕而來。

「我、我已經把知道的事情都告訴你們了，我都講了，你不能反悔。」

「我們跟你們之間，沒有約定，也沒有協議。」

「別殺我，我不想死！」

「老鼠，夠了啦。」

紫苑擋在男人跟老鼠之間。

「沒必要嚇唬這個人，已經夠了。我們要送他到關卡附近才行……力河叔叔。」

「好，我知道，我會的。我去把車開來。」

「他可是敵人啊。」

老鼠手中，已經脫鞘的小刀轉了一圈。

「你要我眼睜睜放他活著離開？」

「現在沒有必要殺他。」

哼。上半身還隱藏在黑暗中的老鼠，微微地笑了起來。

「對你而言，在什麼情況下才有必要殺人啊？你以為這傢伙回到NO.6，會對我們的事情保密嗎？」

「對。」

抬頭，望向黑暗，視線對上黑暗中的灰色眼眸。我可以不被暗夜的黑、不被光明的耀眼迷惑，只捕捉到你的眼眸。你發覺這件事了嗎？

「這個人什麼都不會說，因為一說，就會要了他自己的命。中央管理局的高官，沒有任何名目、沒有取得正當的許可，就出入市府禁止進出的西區。這件事要是曝光了，會有什麼後果，這個人非常清楚。所以他不可能說出我們的事情，這一點你應該也很清楚才對啊！」

「關我屁事。」

老鼠無聲無息地站了出來。

「沒有任何保證這傢伙不會說漏嘴，說西區有一群傢伙在打聽監獄的事情。」

「這個人會守口如瓶。」

「紫苑。」

老鼠的聲音微微低沉。

「我再問一次，你真的要讓這個人活著回去？」

「對。」

老鼠伸手。剎那間，紫苑已經在老鼠懷裡。看起來使不上力的纖細手臂，卻只要一隻就讓紫苑完全動不了。紫苑的脖子上有種冰涼的觸感，是小刀的刀刃。

「我已經受夠你那種愚蠢的正義感、偽君子的面貌了。真的很討厭。我一直很想跟你說，如果你不拿掉你那種天真的正義感，還有你的好人面具，你可是無法存活下去。紫苑，你自己要死，是你的自由，但是別拖我們下水。你不需要有『是否有必要』這種無聊的想法，敵人就是敵人，不是敵死就是我亡，如此而已。」

刀子沿著脖子滑下，帶著微微的尖銳刺痛感。擁抱對方，割喉。紫苑凝視著老鼠。雖然只有一瞬間，但是甜美的感覺在體內深處發痛。

死亡的擁抱。

是啊！這的確是惡魔才做得出來的事。

老鼠鬆手。紫苑伸手一摸，脖子熱熱的，脈搏跳動著。手心上沾著些微鮮血。他看著老鼠，握緊拳頭，說：

「力河叔叔，開車。」

「啊？」

「請開車送這個人走。」

「啊……哦，對哦。」

紫苑轉身看著男人，微笑地說：

「很抱歉對你做出這麼殘酷的事情，只是，我們別無他法。」

「紫苑……」

男人眨了好幾次眼，盯著紫苑的臉看。

「我記得有一個一級罪犯叫這個名字。發狂的前菁英學生，下藥毒殺同事，後來逃到西區……那個人是你？」

「我被說得那麼恐怖嗎？」

紫苑苦笑，腦海裡浮現火藍的臉。想起母親要在兒子被傳說是殺人犯的社會裡生活，那有多殘酷，心裡就好痛。然而，心再怎麼痛，現在除了道歉以外，自己也無能為力。還好老鼠將請求原諒的話送到母親手裡了，他將只有一行字的信，送給母親。那只有十幾個字的潦草紙條，也確實將火藍從絕望的深淵拉了起來。都是老鼠的功勞。

總之，目前母親並沒有危險。那麼，就壓抑胸口的痛，忘了母親的事情吧。不要想其他的，現在只要想沙布的事就好。

不能讓思緒混亂，要有取捨與選擇，那是為了生存下去必備的能力。紫苑在不知不覺中學會了這件事。

男人緩緩地搖頭說：

「我不相信。」

男人對著紫苑抬高下巴。

「跟我在畫面上看到的一級罪犯紫苑那傢伙，完全不一樣。簡直就是兩個人。」

「因為我頭髮的顏色變了，而且我也瘦了。」

「我不是那個意思……臉的形狀、五官的確是相同……但就是不一樣，感覺不一樣。他真的有一雙發狂的眼睛，看起來很兇暴，我的部下還說，這個人會殺人一點也不奇怪，但他一點也不誇張。那個人沒有你那雙……溫和的眼睛。簡直就是不同的兩個人。」

「臉部表情隨便都能加工啊。」

力河喝著消毒後剩下的琴酒，繼續說：

「不光是臉部表情，不管任何情報都能依照市當局的意思，想怎樣扭曲、造假都沒問題。富良大人，你也真愛說笑，配合市府，操縱情報，不是你的工作之一嗎？」

「力河，你太失禮了。」

「這都是事實嘛。」

力河喝光最後一滴，深深地嘆了一口氣。

「因為是事實，才要加以隱瞞。那個神聖的NO.6裡，大概沒有所謂真相吧。」

「我從來沒有做過操縱情報這種骯髒的工作，我只負責管理與傳播情報。」

「你懷疑過情報來源嗎？」

「你說什麼？」

「你只是把從市府來的情報，直接傳布給各媒體吧，你從未懷疑過情報的真實性，對不對？」

「那是當然啊，怎麼會懷疑……」

力河厚實的手搭上紫苑的肩膀。

「你眼前的這孩子跟有著瘋狂眼睛的罪犯，這之間的差異，就是真實與虛假情報的差異。」

男人的雙唇顫抖、掙扎，似乎想說些什麼。

站在沒有暖氣設備的房間裡，他的額頭卻冒著汗。沉默了將近一分鐘後，男人的雙唇終於不再顫抖，他開口叫了紫苑的名字。

「紫苑。」

「是。」

「你說想要監獄的情報？」

「對。」

「你說是為了救朋友？」

「對。她突然被治安局逮捕，關進監獄裡去了。」

「名字呢？」

「沙布。她本來應該是留學中的菁英學生才對。」
「你知道她的市民登記號碼嗎？」
「市民登記號碼……」
沙布在出發前往留學前，兩人曾經吃過飯。在走到車站途中，他們曾被治安局警備課的警察叫住，要求提示ＩＤ卡號碼。那個時候，沙布說過的號碼。紫苑閉起眼睛，探尋自己的記憶。雖然不是電腦，但是紫苑自小就被訓練記憶、儲存眾多情報，並加以整理、應用。他自小就接受這種能力的開發與訓練，要在瞬間找出只聽過一次的文字與數字的組合，並不是很困難。
「是SSC，000124GJ。」
「SSC，000124GJ。」
男人複誦了兩次。
「那個號碼的市民並沒有被治安局逮捕的事實。」
「事實就是有。全都秘密進行，只是你不知道而已。」
「你們想去救她？」
「對。」

「你們要去劫獄，救出罪犯……你們是認真的？」

「沙布並不是罪犯，她沒有犯罪。如果說有罪，抓她的人才是有罪的一方吧。」

借狗人打了個大哈欠，說：

「喂，怎樣都好啦，我可以先去睡了嗎？明天一早我還得照顧狗呢。」

「是啊，如果太晚的話，就算有高官的ＩＤ卡，要進關卡也很難吧。走吧，富良大人。」

男人無視力河，仍待在原地不動。汗流了下來，參雜著血，從下巴滴落。當汗水滴落在手背上時，男人以細微到幾乎聽不見的聲音，喃喃地說：

「我知道最新的。」

「什麼？」

「我有最新的資料，不過新增設的部分是空白的。」

紫苑睜大眼睛，雙膝跪在男人面前，聲音興奮到變得沙啞。

「你肯告訴我監獄的內部構造？」

男人不發一語。他擦了擦流下的汗，點了點頭。借狗人立刻上前，拿出白色的機器老鼠，壓了一下老鼠的頭。老鼠的背開了一條縫，投射出一道帶點紅的黃色光線。光線裡有影像。男人吞了口口水，說：

「這是……雷射光攝影機？」

「應該是，這我也不懂。畫著紅色圓圈的地方，是我調查到的警報系統設置場所。如何？應該沒有錯吧？大叔。」

借狗人動了動鼻頭，盯著男人看。男人目不轉睛地看著浮現在光線裡的監獄內部平面圖。

「電子筆給你。」

老鼠遞出銀色的筆。

「不用，我自己有。」

男人從大衣內側的口袋裡取出筆，將筆尖插入光線中。男人包裹在手背上的紗布滲血，臉上表情僵硬，指尖顫抖，但是筆尖仍柔順地滑動著，在平面圖上畫著複雜的線。

「哇……好厲害。」

借狗人發出驚歎聲。力河則是以同情的目光，俯視著男人。

男人手中的筆掉落。

「我知道的……只有這些。」

警報系統的設置位置，比借狗人調查到的多出三倍以上；相反地，收容囚犯的房間數量減少了三分之二。不知道是為了防止囚犯逃獄，或是外來者入侵時也能有所防備，走廊上固定距離設置了自動阻隔牆，一旦啟動，不管是逃亡者或是入侵者立刻會被關起來，然後逮捕。不，大概在被逮捕之前，就先被處死了吧。

紫苑吞了口口水。從電力系統的配線來看，阻隔牆上應該有釋放高壓電流的裝置。當阻隔牆阻止了來者，切斷退路的瞬間，被關起來的人，就如同坐上死刑用的電椅一樣。走廊當場變成了死刑場。

「簡直就是一座軍事要塞。」

紫苑嘆息。

「是大屠殺。」

老鼠撿起筆，放回男人的口袋裡。

「有一天會變成一個漂亮的屠殺紀念館。」

「屠殺……過去有多少人在這裡被殺？」

老鼠緩緩地搖頭，說：

「紫苑，不是過去被殺。這不是過去的事情，現在，這個時候，仍有人被殺。囚房變少，並不是囚犯人數減少，只是收容的人數減少而已。你懂我的意思嗎？」

「我懂。」

被逮捕的人在關進囚房前，就已經被處死了，如同收拾垃圾一樣，毫不猶豫地處理掉。

「嗯！」

力河摀住嘴巴，毫無血色的臉龐滲出汗水。

「別說了，我聽了很不舒服。」

「開什麼玩笑，別在我的房子裡吐啊你。」

借狗人揮動著瘦弱的手。

「我有問題。」

老鼠單膝著地，指著雷射光攝影機。

「你為什麼這麼清楚？你為什麼會如此詳細地記得監獄的內部？」

「因為我最近才剛看過。極機密的情報裡，有關於監獄的項目。我看過內部構造的資料。」

「監獄的極機密情報是什麼？」

「那是……」

「表示那不是市長的專案。你這個層級的高官可以知道的極機密情報……是什麼？」

男人緊閉雙唇不語。不知道是不是嘴裡的傷口發疼，他皺著眉頭。

「是真人狩獵嗎？」

聽到老鼠這麼說，借狗人跟力河互看了一眼，又同時錯開視線。紫苑不解，因為還沒有人好好跟他說明「真人狩獵」的意思。男人依舊無言，虛脫的視線飄浮在半空中。

「最近，會有真人狩獵嗎？」

「是清掃作業。」

「清掃作業？噢，原來如此。你們這麼稱呼真人狩獵啊，清掃垃圾的意思……什麼時候？」

「不知道，正式的日期還未定，不過應該會在『神聖節』前吧。」

「神聖節」。這個紫苑倒很清楚。這一天是NO.6誕生在這塊土地上的日子，舉市歡騰。市內會施放煙火，市區的每一個角落，都會掛著白色的市旗，旗上仿照「月亮的露珠」的模樣畫著金色橢圓形。市民們會慶祝自己是幸福的神聖都市居民，並讚揚自己居住的偉大NO.6。

一年前，紫苑還處於那樣的喧譁中。他還記得，那天他走回下區時，被一位剛步入中年的紳士叫住，責備他為什麼不揮舞市旗來慶祝「神聖節」。不，不光是那位紳士，他從中央車站徒步走回家，不到一小時的時間裡，他被好幾個人投以類似疑問，又好像責備的話。年輕女性、老人、中年婦人。最後跟他說話的那名婦人，還硬塞了一支市旗給他，強迫他「你要負起身為市民的義務，給你，快揮旗」。

他想起那時候的不舒服、不快、揮動的旗子、以及人們連呼「我們偉大的都市」的聲音，有多麼的噁心。「神聖節」就是這樣的一個日子。

老鼠扯著半邊臉冷笑，說：

「重要的節慶前，所以要大掃除啊！」

「西區的人口增加太多了。最近遊民愈來愈多，人數暴增，兇殘的犯罪也增加了，之前還襲擊出入境管理辦公室。現在正是……清掃作業的時機。」

「現今，地面上能讓人類安心居住的地方有多少？人們為了尋找稍微適合生存的地方而流動，是罪惡嗎？」

「如果是適度的人數，我們也是默許的。」

「適度？呵呵，指的是不會威脅到NO.6的數字嗎？」

「沒錯。西區飢餓的傢伙要是自暴自棄，引起暴動，那就麻煩了。而且，你們也能脫離這種擁擠的情況，稍微緩和一些，不是很好嗎？」

「那還真謝謝，感謝你們細心為我們著想。」

老鼠誇張地聳著肩膀。紫苑用力抓住老鼠的肩膀。

「老鼠，真人狩獵該不會是……」

「該不會是什麼？」

「該不會是……怎麼可能……告訴我，在『神聖節』前，這裡會發生什麼事？」

「自己想！」

老鼠撥開紫苑的手，聲音很激昂。

「我可沒說要當你的家教啊！你別以為什麼都能簡簡單單就得到答案，你要自己用腦袋去思考、去想像！」

老鼠深呼吸，口吻緩和了下來。

「不過，現實應該比你想像的，還更要可怕吧。」

老鼠輕拍雙手，站了起來。

「我要回去。」

男人這麼說，也搖搖晃晃地站了起來。

「我要回去，讓我回去。」

「富良先生，謝謝你。」

紫苑說出感謝的話。雖然他因為老鼠跟男人的對話，思緒混亂，心情也很不平靜，但是，他還是要對富良這個男人為大家帶來的情報表示感謝。

自小就以菁英身分長大的人，如今卻做了背叛市的行為。紫苑能體會富良現在感受到的沉重壓力與害怕。

「對你做出這種事，還對你道謝，實在很奇怪，但是我真的很感謝，謝謝你。」

男人在門前停下腳步，回頭問：

「你呢？」

「啊？」

「你不回去嗎？」

紫苑無法理解這突來的問題，盯著男人腫起來的嘴角看。

「回NO.6的意思嗎？」

「對，你不想回都市內部嗎？」

「不想。」

「你要一直待在這裡？」

「是啊。」

「為什麼？你不懷念神聖都市嗎？不想回去嗎？」

「那裡有我懷念的人，也有我想見的人。但是，我不打算回去。」

「為什麼？」

「因為那裡已經不是我可以回去的地方了。因為我明白了這一點……吧。」
男人轉動門把開門。
「你……真愚蠢。」
「是嗎？我並不那麼認為。」
「太愚蠢了。」
男人走了出去，力河隨後追了上去。門關上，蠟燭的火焰隨風搖盪。
留在屋內的三個人，俯視著男人留下的平面圖。
「我想起來了。」
借狗人坐到床上。
「我想起我媽跟我說過的童話故事。北風與太陽的故事，你們聽過嗎？」
「啊啊，老鼠的書裡有。是一本繪本。北風跟太陽比賽，看誰能先讓旅人快點脫掉外套的故事，對吧？」
「對，沒錯，就是那個故事。北風不斷地吹出冰冷的風，旅人為了不讓外套飛掉，緊抓著外套不放。但是，當太陽一綻放溫暖的陽光，旅人馬上就脫掉外套了。」

「借狗人，你這話是什麼意思？」

老鼠不爽地皺著眉頭。

「我覺得很像你們啊。你輸了，老鼠，紫苑比你更會讓他脫外套。」

「隨你愛怎麼說……紫苑。」

「嗯？」

「你以為那地圖真的能用嗎？」

「是啊。」

「別太天真。」

「你認為他故意畫假情報給我們嗎？」

「如果是的話，怎麼辦？你以為你成功地讓他脫掉外套，但是其實他裡面穿著盔甲的話呢？」

「他沒有必要說謊。他應該知道就算他什麼都不說，也能回去。不過，他還是告訴我們極機密的情報。」

「也許他想陷害我們。」

「這是你的想法嗎？你真的那麼認為？」

「我是說有那種可能性和危險性，但我們也沒辦法了。他留下的東西，是我們現在能掌握到的最詳細情報。我們沒時間，也沒辦法去探真假。」

「除了相信他，別無他法的意思嗎？」

「很可惜，只能那樣。」

借狗人哈哈大笑，笑翻在床上。

「什麼很可惜！拜託，少裝了啦，呵呵。紫苑，看到那個男的那麼輕易就洩漏極機密情報，你的老鼠老師只是被嚇到而已啦。他沒想到你能做得這麼好，心裡對你另眼相看了。真不誠實，如果覺得佩服的話，就老老實實說佩服，不就好了嘛。」

「借狗人！」

「幹嘛生氣啊，我說的是真的嘛。」

借狗人收起笑臉，趴在床上看著紫苑與老鼠。

「對了，接下來要怎麼辦？老鼠。你真的要利用『真人狩獵』，潛入監獄嗎？」

「沒錯。而且很幸運的是，看來最近就會有『真人狩獵』了。」

「幸運……我先說在前頭，我不幹了哦。那麼危險的事情，我不想參一腳，而且我也沒必要參一腳。」

「你的工作才正要開始呢，你要在監獄外側好好工作。酒精中毒的大叔不也說過了？我們坐在同一條船上。拿了兩枚金幣就想落跑，那怎麼行？這一點你比誰都清楚，不是嗎？借狗人。」

借狗人嘟起嘴巴，非常不高興。老鼠指著雷射光攝影機，叫了紫苑。

「紫苑。」

「嗯？」

「把這個平面圖全都記起來。我們無法帶著機器老鼠潛入監獄內部。沒有認證晶片的機器，再怎麼小，也會被炸毀，一不小心，有可能連拿著的人都會被炸死。而且就算迷路，也不可能隨時拿出平面圖來對照。」

「這些全部嗎？」

「全部，要記得一清二楚。所有感應器的位置、警報系統的排列、垃圾桶的地點，全都不能有失誤，細微的差異，會是致命的關鍵。」

「我知道了。」

老鼠將雷射光攝影機丟給紫苑。

「我們沒什麼時間。你要全部記得一清二楚，這是你的作業。」

「這是你給我的作業裡最難的了。」

「有信心嗎？」

「有。」

老鼠冷笑一聲，眼睛眨了眨。也許對紫苑肯定的回答感到意外吧。

「不愧是菁英，看來使用頭腦是你的強項。」

「不是強不強的問題，也不是做得來、做不來的問題，而是不做不行。」

攸關性命。攸關著沙布、老鼠、自己、借狗人、力河寶貴的性命。

紫苑緊握白色小機器鼠。就算使盡全身力氣去握，人工的機器不會像克拉巴特、哈姆雷特一樣高聲尖叫，手心也不會有溫暖柔和的觸感，只有冰冷。老鼠的嘴角浮現微笑。

「呵呵，看來你也稍微認清現狀了。」

「你訓練出來的。」

老鼠收起笑容，喃喃地說：

「……別離開我。」

「啊？」

「近來會有『真人狩獵』，你別離開我身邊，一定要待在我看得到的地方。如果在『真人狩獵』時走散了，大概再也見不到面了。至少，你生存的機率會變得很小。」

「我知道了……」

「我想就算沒有走散，生存下來的機率也很小。」

借狗人搖晃著身體笑著。生鏽的彈簧發出刺耳的聲音。

「被『真人狩獵』抓到，丟進監獄裡。大部分的人在裡面，不是死了，就是瘋了。能活下來，還能逃出來，那簡直是奇蹟，就像太陽裂成兩半一樣的奇蹟。」

「奇蹟比想像中容易發生唷，借狗人，你媽沒教過你嗎？」

老鼠披起超纖維布，走向門口。借狗人在後面叫住他。

「老鼠，還有後續。」

「後續？什麼的後續？」

「我媽是沒講奇蹟的事情，不過她在北風與太陽的故事之後，對我說：『我們的皮毛不管是北風還是太陽，都無法讓你們脫掉』。接著又說：『你雖然沒有皮毛，但是不能輸給北風，也不能輸給太陽哦。』然後舔了我全身。」

「真是個好媽媽。」

「天下無敵。」

借狗人從床上跳下來，一溜煙地跑到老鼠身旁。

「我是我媽養大的，我記得她身上毛的觸感、味道，也記得她對我說過的話。所以……」

「所以？」

「所以，我活下來了。我要在這裡跟狗一起活下去，就算你們死了，或是再也無法從監獄裡出來，我呢，我一定會活下去給你們看。我要活著，把我媽的事情講給其他狗聽。」

「很偉大的志願。如果你死去的媽媽聽到，一定很高興吧。」

老鼠伸手撫摸借狗人褐色的臉龐。

「晚安，小少爺。希望上帝給你一個好夢，讓你獲得明天的食糧。」

老鼠以溫柔的女聲這麼說。在借狗人開口之前，老鼠的身影已經消失在門外。借狗人對著黑暗喃喃地說：

「我會……我會活下去。」

「大家一起活下去。」

紫苑也喃喃地這麼說。這不是以死為前提的行動，而是為了活下去的行動、思考、戰鬥。

是為了……大家一起活下去。

「對了，我忘了說了，」

黑暗的遠處，傳來老鼠含笑的聲音。

「借狗人，叫紫苑給你一個晚安吻吧，他會給你一個高超又熱情的吻哦。」

「老鼠！」

笑聲漸漸遠去。然後彷彿被吸入暗夜一般，化為風聲，消失不見。

3 換場

是因為我想著他入睡，所以我夢見他嗎？
如果早知道是一場夢，那我寧可不醒來。
（小野小町）

「你可以寫封信。」

老鼠看著書，頭也不抬地這麼說。

「寫信……給我母親嗎？」

「如果你有其他筆友，也可以順便寫。」

「你幫我送去嗎？」

「是牠幫你送。」

小老鼠在老鼠的膝蓋上，整理著鬍鬚。
「哈姆雷特，謝謝你。」
「不用道謝。每次去你媽媽那裡，都有好吃的麵包可以吃到飽，這傢伙非常高興呢。」
在紙片上寫字。短短十幾個字，只能有一行。要在上面寫什麼心情呢？
紫苑寫完裝進膠囊裡。哈姆雷特咬著膠囊，揮動著長長的尾巴。
老鼠闔上書，發出啪地一聲。那是一本藍底精裝本，上面散落著白色花瓣，很精緻。紫苑問：
「你在看什麼？」
「一個很久很久以前，位於天涯盡頭的國家的古老傳說。非常古老的故事。」
「神話嗎？」
「是人的故事。」
老鼠站起來，把藍色的書放回書架。堆滿書的房間裡，因為舊式暖爐的關係，非常溫暖。在這裡不可能像在NO.6的高級住宅區「克洛諾斯」生活時那樣，有環境管理系統的保護，不用煩惱季節、時間、天候，可以在總是保持一定的舒適溫度、濕度中生活；但是，現在屋內溫度不均暖暖的感覺，卻比經過機器調節過的溫度還要舒暢許多。冷了就蓋毛毯，靠近暖爐；熱就遠離暖爐，脫掉外套。不過如此。紫苑原本連這種事情都不知道。他是在這裡，在這間房子裡學會的。

「對了。」

紫苑一邊將暖爐上沸騰的熱水倒進杯子裡，一邊問：

「這裡的夏天熱嗎？」

站在書架前的老鼠回頭，瞇起眼睛。

「夏天怎麼了？」

「不是，我想這裡是地下室，應該很涼，書也沒有發霉，濕度應該也不高，我覺得這裡是一個很適合居住的地方。」

「算是吧，至少比借狗人的飯店好。」

「可是，暖爐該怎麼辦？」

「啊？」

「冬天可以像這樣使用，但是夏天應該不行吧？如果不能用暖爐的話，要在哪裡做飯？連開水都不能煮。」

紫苑將裝著白開水的杯子，遞給老鼠。這是在這裡唯一的飲料。

「你連夏天的飯都在擔心？」

「也不是擔心，只是好奇該怎麼煮……啊，對了，在外面煮啊，可以在外面起火煮飯。」

「是啊……也可以。」

「對哦。但是，如果下雨就麻煩了。」

「紫苑——」

老鼠輕輕拿起杯子。水蒸氣的另一頭，深灰色的眼眸凝視著紫苑。

「你夏天也打算住在這裡？你覺得你能待在這裡嗎？」

「你沒趕我出去的話。」

「我不會做那種不通人情的事情，你可以一直住在這裡。」

「謝謝，我鬆了一口氣。」

「夏天啊……不知道會如何。我沒想過那麼遠的事情……你會在這裡嗎？」

「我是那麼打算啊！」

「活著嗎？還是已經化成骨灰，放在小小的骨灰罈裡呢？」

「我不想化成骨灰，也討厭被埋在土裡。」

我要活著，待在你身邊，一起體驗夏天。我想要在被幾千本書掩埋的這間屋子裡，過日子。我想要流汗，想要感受刺痛肌膚的炙熱太陽。

「老鼠，我想在這裡迎接夏天。」

「活著嗎？」

「活著。」

「很渺小的願望。但是，很難。」

老鼠靠在書架上，轉了個話題：

「紫苑，你覺得都市內部的騷動，跟寄生蜂有關嗎？」

紫苑坐下，蹺起一條腿。小老鼠立刻跑上來。這隻小老鼠的毛偏黑色，因此紫苑替牠取名為月夜，牠是紫苑命名的第三隻老鼠。

「嗯。雖然我不是富良先生，但是我也不認為ＮＯ.６有可能會突然流行未知的疾病。」

「是嗎？也有可能是新型病毒啊。因為感染到新興病毒，不可能嗎？」

一九八〇年，WHO（世界衛生組織）宣布由天花病毒引起的天花已經根絕，但是很諷刺的是，自從那時候起，就接二連三出現人類未知的病毒。伊波拉病毒、HIV、無名病毒、立百病毒、拉色病毒、漢他病毒……這些接二連三出現的新病毒，人類統稱為「新興病毒」。

紫苑搖頭，表示否定的意思。

「我覺得不是病毒。」

「為什麼？」

「新興病毒原本是以棲息在熱帶森林的動物們，為天然的寄生主。密閉在森林深處裡的病毒開始出現，應該是因為人類砍伐樹木，開拓森林，才會遇上病毒吧。也就是說，病毒並不是自己來的，而是人類入侵到對方的地盤所帶來的後果。但是，NO.6不一樣。它是密閉的，有高聳的外牆，隔絕外面的世界，出入境都受到奈米（十億分之一米）規格的嚴格管理和檢查。所以，我想不可能有病毒從外入侵。」

「講到這種話題，你就自信滿滿。但是，也有像那個愛好女色的高官一樣，偷偷跑來西區的傢伙啊。也有可能在這裡感染病毒吧？」

「如果是那樣的話，西區也會出現病人。就人口密度來看，應該會出現都市內部的好幾倍病人。突然昏倒，出現從未見過的病狀的病人。如果出現這種情況的話，關卡會完全封閉，誰也無法出入才對。」

「你認為就是寄生蜂？」

「老鼠，我親眼看過。山勢先生就在我眼前昏倒，突然老化死去。之後，從他的脖子……我看見蜂從他的體內飛出來。真的是異常的死狀，我想不到其他原因。現在都市內部發生的事情，一定跟寄生蜂有關。」

「但是，那些蜂從哪裡來的？用電子顯微鏡才能看得見的病毒都無法入侵的神聖都市裡，出現了全長好幾公分的昆蟲，而且還不是普通的蜂，是會寄生在人體內，殺害寄生主的職業殺手。」

老鼠噤聲不語了。他雙手握著溫熱的杯子，與紫苑四目交會，問：

「紫苑……你跟我想的一樣嗎？」

「應該。」

「那你說說看。」

喉嚨好渴，渴得好痛。紫苑含了一口熱開水，慢慢嚥下，說：

「蜂，並不是外來的，」

他再喝了一口熱開水。

「而是原本就存在於NO.6內部。」

老鼠也拿起杯子喝水。他也很渴嗎？

「你之前也講過一樣的話。你說，發生的場所可能是森林公園，怪物瞞過管理系統，誕生了。」

「對。因為包括山勢先生，總共有兩個人在公園內犧牲了。我只是猜測……但是，那真的太不真實了……」

「在神聖都市內部，一般的蜂突然化為食人蜂。這就叫做突然變種嗎？」

「是完全沒有前例的異常變種。而且，在這麼寒冷的季節還能活動，在自然界是不可能發生的。」

在自然界不可能發生。那麼……

「怎麼可能會有這種事情？」

砰。突然傳來一聲悶響。杯子掠過紫苑的手臂急速落下，然後從書上彈起，掉落在地板上。

「怎麼了？」

在紫苑視界的角落裡，老鼠的身體正往前傾。彷彿慢動作一般，向前緩緩地癱了下去。

「老鼠！」

紫苑跳起來，抱住癱瘓的身體，大喊：

「老鼠，你振作點！」

好重。完全無重力。老鼠無法自己支撐自己的身體。無法置信。紫苑的腦海裡一片空白，完全無法思考，無法冷靜判斷，也無法做出應對。

「老鼠，老鼠！」

紫苑拚命喊著老鼠的名字，緊緊抱住他。紫苑感覺到手指下的身體在顫抖，他的手所覆著的臉龐，發出低吟：

「不要……不要唱了。」

「老鼠？你怎麼了？振作點，老鼠！」

「別唱了……誰？是誰……？」

老鼠的手抓住紫苑的手臂，用力抓著，抖得很厲害。

翻倒的熱開水讓紫苑的腳步一滑，抱著老鼠滑倒在地。書塌了，小老鼠嚇得躲了起來。

「老鼠，你怎麼了？你到底怎麼了？」

冷靜，你要冷靜。

紫苑對自己說。但是，恐懼布滿他的全身，讓他也不停顫抖著。

老鼠，該不會連你也……

蜂會爬出來。咬破你滑嫩的皮膚爬出來。那樣的話……如果變成那樣……

「我不要！」

我不要！我不要！我不要！我不要！我不要！我不要！我無法忍受！

現在，這個時候，如果失去你，我會無法自處。我會發瘋，我的世界就會走樣！

我不要！我不要！我不要！

混亂讓恐懼攀升，讓他無法思考。

我不要！這太殘忍了。我該怎麼辦才好？誰來、誰來告訴我？

老鼠的身體發燙，冒出的汗水弄濕紫苑的手。

「……紫苑。」

老鼠在呻吟之餘，喊了紫苑的名字。

「……救我。」

紫苑感覺好像被用力甩了一個耳光。他醒了。

快！有時間哭喊，不如快點想辦法！除了緊抱老鼠之外，什麼都不會嗎？

紫苑緊咬下唇，雙手用力。他將老鼠平放在地板上，拉開他胸前的衣服，摸了摸他的脖子。雖然汗流浹背，身體是濕的，但是沒有異常變化。沒有老人斑，也沒有隆起。紫苑用耳朵貼近老鼠的胸膛，聆聽他的心跳聲，計算他的脈搏。雖然比平常快，但是並不是異常混亂的心跳。沒有呼吸困難，也沒有嘔吐，應該沒有窒息的危險性。意識呢？

紫苑蹲著，緊握老鼠的手。

「老鼠，你聽得見我的聲音嗎？」

聽我的聲音！把我的聲音聽進去！睜開眼睛回答我！

「我會救你，我一定會救你。」

這次換我救你，所以，求求你，回應我。

請你回答我。不，我命令你回答我。

「老鼠！」

「是完全沒有前例的異常變種。而且，在這麼寒冷的季節還能活動，在自然界是不可能發生的事情。」

紫苑說到這裡就停住了，低頭沉默不語。似乎企圖在思索中，沉靜思緒。

這時候不要打擾他比較好吧。

老鼠這麼想，又啜飲了一口白開水。總之，今天結束了。明天會怎樣是無法預測的，所以，擔憂、膽怯、為明天做準備，都沒有意義。我不信神，深知命運這個東西有多陳腐，也不想將自己交給那種東西。我怎麼能因此受到左右呢！如果放棄，不再抵抗，那只會不斷墮落，墮落至死或是到達等同死亡的境界。

繼續對抗。如此下定決心之後，究竟過了多少歲月呢？我要繼續對抗，不能失去對抗的意志，同時也靜待時機，與無法預測的明天對抗。我也曾像紫苑一樣，深切思索，沉靜思緒吧。紫苑的確認真、專心一意地對抗、戰鬥。雖然笨拙，抓不到要領，又幼稚到讓人受不了，但是他是在對抗，以自己的方式對抗著，從未試圖從戰鬥中溜走，一次也沒有。借狗人說得沒錯，我是有點佩服他。

暖爐的光線，把紫苑那一頭白髮閃耀成橘色。雖然從未說出口，但是老鼠喜歡紫苑的頭髮，他認為那一頭白髮比黑髮漂亮好幾倍。

是該輕撫這頭髮，然後告訴他，我先睡了，還是不要妨礙他的奮鬥，靜靜地消失呢？

伸手。

這時，腦海中出現一道閃光。無法呼吸。風、疾風吹進頭蓋骨內。身體往前傾。慢慢倒下，癱瘓。意識隨風遠去。

「老鼠！」

聽見紫苑的叫聲。在同時，傳來歌聲。有人在唱歌，這如風的歌，是誰……？

「別……別唱了。」

好想摀住耳朵，手卻動不了。他已經陷進去了。這究竟怎麼回事？發生什麼事了？

眼前是一片綠色風景。老鼠感覺到草叢中的熱氣，草的味道被熱氣蒸發，飄浮而上。這裡樹木茂密，有一整片的羊齒葉。多重的草與樹葉，交織成各種不同的綠，覆蓋著大地。歌聲從遠處傳來。歌？那是歌嗎？是歌。沒錯……但是，其中混雜的聲音是……翅膀振動的聲音。有無數的昆蟲飛舞著。

這個聲音、這首歌曲、這片風景，似乎曾在哪裡見過。曾在哪裡……

不行，不能被拖進去。

「我不要！」

突然闖進來的呼喊聲。是我自己的聲音嗎？我抓住了些什麼。有人緊抱著我。

這是我的救命繩索，絕對不能放手。

用盡全力抓住。

抓住人的觸感，稍微喚回一點意識。

紫苑。

緊抓著。

紫苑……救我。

電梯門無聲無息地關上。鐵灰色的門闔上那一刻，富良重重地嘆了一口氣。站在兩旁的治安局局員，兩個人都像石像一樣，動也不動。

「為什麼……」

雖然知道問也沒用，但是他就是無法沉默。

「為什麼帶我來這裡？」

還是沒有回應。

「這裡是……監獄嗎？」

富良試著再問一次。他的雙腳發抖，連站著都很勉強。

今天早上，他如同往常一樣出門。妻子抱著兒子站在門口送他。

「看起來還好痛哦。」妻子說。

「沒什麼大礙，幾乎不明顯。」

「居然會跌倒受傷，真好笑。」

「不要告訴別人啊。我這麼大個人了，居然還會在公園的階梯跌倒，丟臉死了，我還沒跟別人提過哩。」

妻子突然一臉嚴肅，說：

「你要小心點，這次只是受輕傷，還沒關係，想到要是你有個三長兩短……我就好害怕。」

「怎麼可能會有什麼事。那我去上班囉。」

他親了親妻子的臉頰，坐上從中央管理局來接他的車子。

「老公，你考慮看看哦。」

坐上車前，妻子這麼對他說。

「考慮什麼？」

「我回去上班的事情，我想過完年就回去上班。」

妻子原本是交通管理局的員工。在兒子被認定為菁英，保證可以得到完善的教育環境後，她打算藉著這個機會，回到職場，繼續工作。

「那個啊，應該沒有問題啦。」

在NO.6，只要本人有這個意願，生產後的女性將近百分之百都可以回到職場工作。富良的直屬上司也是有兩個小孩的女性。在NO.6，性別沒有任何關係，完全是以個人的能力為基準，賦予職務。

「妳可以開始復職的準備了，如果需要幫忙，儘管說出來吧。」

「謝謝，我好高興喔。」

妻子微笑。兒子在妻子的懷裡動來動去，對著富良揮動雙手。

「爸爸，有蟲。」

「嗯？」

「蟲蟲在飛耶，黑色的蟲。」

「這麼冷的天氣怎麼會有蟲呢？哈哈，天氣再溫暖點，才可能有蟲哦。」

雖然是晴天，但是吹著寒冷的北風，也許下午會下雪。今天早點回家，富良心想。

富良跟妻子、兒子揮手道別。車子出發了。一如往常的早晨。除了手心的傷口有點疼之外，沒有什麼不一樣。這個早晨也是一如往常。

通過「克洛諾斯」的關卡後，這個早晨才出現了變化。治安局局員攔下他的車，要求他跟他們走。

「很抱歉，由於市長的命令，您必須要改變目的地。」

兩名穿著警備課制服的男人，用語雖然很有禮貌，而口吻卻是不容拒絕的強勢。富良覺得有點冷，顫抖了一下，他知道這和冷冽的北風無關。

「麻煩您換搭我們準備的車。」

「要去……哪裡？」

「市長在等您。」

「那是要去市府囉？那麼也不需要……」

「請跟我們來。」

富良只得轉搭治安局的車子。

「抱歉了。」

在恭敬的言語後，富良被蒙住雙眼。特殊的眼罩遮斷外來的光線，將富良囚禁在黑暗的世界裡。

本來以為很像西區的暗夜，不過他馬上就覺得不一樣。西區的暗夜更深沉、更美麗；好深、好深，那幽闇深淵裡彷彿潛藏著什麼一般。雖然感覺恐懼、毛骨悚然，卻吸引著富良；那種隨處都有不明物體潛藏的感覺，吸引著富良。他穿越城牆，不只為了那些女人，也為了要感受那暗夜的氣息。

大概在他三歲那年吧，他覺得庭院角落的黑暗裡好像有東西，結果被父母嚴厲斥責，告訴他這世界上不可能有什麼不明物體，不准再說這麼愚蠢的話。平常溫柔到不像話的慈祥父親與母親，彷彿變了個人似地，痛打兒子。

自從那次之後，富良再也沒提過潛藏在暗夜裡的不明物體，後來也就忘了。在西區與真正的暗夜相逢時，雖然很恐懼，但也令他非常興奮。年幼時塵封的記憶，又再度甦醒。他被深深地吸引了，那個地方確實吸引著他。

那會要了他的命嗎？

出入西區的事情被市府發現了嗎？

如果是，那會如何？篡改記錄是重罪，如果被發現的話，可不是隨隨便便就能了事。

剝奪資格、取消所有特權、趕出克洛諾斯……

富良想像所有最嚴重的後果。意外地，卻讓他覺得很平靜。

對於資格、特權、克洛諾斯，他都沒感受到對西區暗夜的那種執著。真是不可思議，那種奇妙情感連他自己也無法說明。

腦海中浮現少年的臉。一頭白髮的不可思議少年，果決地說他不想回NO.6。是因為他那麼年輕、那麼無謀、那麼無知，所以才敢那樣斷言嗎？但是，就算他如此年輕、愚蠢，就能那麼輕而易舉地捨棄NO.6嗎？這一點他不懂。

不過，還真遠。

要去市政府，需要花這麼多時間嗎？這個時間，應該早就經過市區了。

「請問，要去哪裡？」

富良緊張地問。

「市長找您。」

「但是，『月亮的露珠』應該已經過了吧？」

「請您安靜，要不然的話……」

「要不然的話？」

他聽見男人微微的陰沉笑意，那比威脅的話語還要恐怖。

「你們，帶我來的理由……真正的理由是什麼？拜託你們，告訴我。」

「請安靜！」

右邊的男人這麼說，左邊的男人輕拍富良的肩膀。

又過了好一段時間，車子才停下來。

車子停了。富良下車後，戴著眼罩直接被壓坐在電動椅上。他坐著椅子通過長長的走廊。那是非常安靜的地方，只聽得到電動椅輕微的馬達聲。不知道是穿著特殊的鞋子，還是受過訓練，兩名治安局局員一點腳步聲也沒有。從椅子上站起來，拿下眼罩時，富良看到的就是即將關上的電梯門。門的另一頭有間玻璃窗的房間，裡面有穿著白衣的男女。

醫院？不，也許是……

為什麼帶我來這裡？

這裡是監獄嗎？

富良不斷問著沒人回答的問題。

告訴我，誰來告訴我。

電梯停下來了。

電梯是往下降的，不斷往下降。

監獄、地下、新增設的場所、全新的電梯。

我利用職務上的特權篡改記錄，將被追究責任，由市長親自嚴重警告、勸告、處罰。

不是那樣，沒有那麼簡單。

恐怖貫穿全身。

「放我回去！」

富良扭動著身體。

「讓我離開這裡，放我回去。」

脖子感受到一股衝擊。電流通過，全身一陣麻痺。

「不是告訴你要安靜嗎？」

他又聽見治安局局員含笑的聲音。

「已經準備好了。」

穿著白衣的男子回頭這麼告知。

ＮＯ.６的第一任市長拿起白瓷的咖杯，啜飲了一口褐色的飲料。

「嗯……我知道了。」

「咦，怎麼了？你的臉色不太好。」

「大概是最近太忙了吧。」

「累了嗎？這樣不好哦。疲勞會引起各種疾病，一定要小心。待會我拿藥給你。」

「好。」

「這個計畫就快完成了，至少到那個時候，不，今後你也必須要一直健康下去才行。好了，走吧。」

市長放下杯子。看起來毫無特色的杯子，仔細一看，手把的背面描繪著精細的紋路，看得出來是相當昂貴的東西。

「還是要執行？」

聽到市長這麼問，白衣男睜大眼睛，用力點頭。

「那是當然的啊！」

「但是，這次跟之前那個女孩情況不一樣……對了，那個女孩現在怎麼樣了？」

「她？很好啊，雖然還不是很清醒，不過就快醒來了。真漂亮的孩子，我很喜歡，我會好好珍惜她。」

「雖然同樣是菁英，那孩子畢竟只是個學生，不過，這次可是現役的菁英。」

「正因為是現役的菁英，所以有用，就各層面看來都是。而且根據你的調查，這個男人不是不良品嗎？已經宣誓效忠我們都市，卻做出背信的事。」

「是啊……沒有正當理由，就去西區。他臉上跟手心上的傷，大概是在西區弄的吧。篡改記錄的嫌疑也很大，的確背信。」

「那就應該處罰啊！」

「用這種方法？」

「大耳狐。」

白衣男叫了市長以前的綽號。

大耳狐，這個住在沙漠的小型狐狸。學生時代，幫我取了這個綽號的人，就是他嗎？

男人站在市長面前，將手放在肩上。

「大耳狐，你會當上王的。」

高挑的男人屈身，說話的速度微微加快。

「以市長的身分掌政的時代結束了，今後你將以君王的身分絕對掌權，統治這塊土地。」

「我知道。」

「那你還猶豫什麼？一、兩個不良品又怎樣，根本無所謂啊！」

「說得沒錯。」

「而且，這也是貢獻啊，對我們的貢獻。而且對那個男人來說，應該也是很光榮的事情。」

白衣男再度呢喃。

你會以王的身分，君臨此地。

市長點頭，挺起胸膛。很好，我們走吧，白衣男催促。

那是一個什麼都沒有的房間，叫做第一實驗室。房間四周的牆壁是有光澤的特殊合金，沒有窗戶。家具只有一張椅子。男人就被固定在椅子上，眼底盡是恐懼與混亂。

從牆壁的這一頭，可以清楚觀察到房間裡的情況。

白衣男用手指輕敲著有幾個燈與操縱鈕的桌子。細長白皙的手指如同演奏鍵盤樂器一般，有規律地敲打出旋律。

咚、咚、咚、咚咚、咚、咚、咚、咚咚。

是什麼曲子呢？不過，這裝置怎麼看都很糟糕，簡直就像失敗的玩具，就不能做得好看些嗎……

手指停下來了。白衣男微笑著說：

「你有什麼打算，大耳狐？」

「什麼打算？」

「要以市長的身分，對他下判決嗎？」

「不用了，不需要吧？」

「這個可悲的罪人，完全無法理解發生在自己身上的事情。你看他害怕成這樣，不是很可憐嗎？你不想救他嗎？」

「救？你是什麼意思？」

「給他一個承認自己的罪惡，向神祈求原諒的機會啊！」

市長的表情扭曲了起來。

真是的，這傢伙又開始講些唐突又莫名其妙的話了。

他以前就有這種怪癖嗎？

「你信神嗎？」

「怎麼可能！但是，應該有人會希望能在死前得到神明的原諒，安心地踏上旅程吧。」

「也許有，但是，至少在ＮＯ.６內不存在。」

「說得也是，我真是無聊。」

「真不像你會開的玩笑。」

「抱歉。那麼，開始吧。」

剛才敲打著輕快旋律的手指，以不經意的動作按下按鈕。牆壁的一部分變成白色的螢幕，上面有各種數據、曲線。

「這是罪人現在健康狀態的資料。記錄著心跳數、腦波、肌肉組織的僵硬、身體各部分測量到的數據。」

「嗯嗯……」

「現在，那個房間裡，有人類的聽覺捕捉不到的頻率音。聲音來自空氣的振動，這些振動，會經由人類的鼓膜、鎚骨、砧骨、鐙骨，傳達到耳蝸。人類的聽覺反應，這你應該知道吧。」

「沒什麼變化啊。」

市長往前踏了一步，凝視著隔壁房間的情況。

完全沒有變化。

被固定在椅子上的男人，只是不安地低著頭，看著腳尖而已。

「不需要著急。才剛開始，需要花點時間。你要坐下嗎？」

「不用。」

「那我再請你喝杯咖啡？我有最高級的咖啡豆。」

「在這裡喝咖啡？」

「還是你想喝葡萄酒？」

「不……不用了。」

「你似乎對我的演說沒有興趣。」

「很抱歉，我對聽覺器官沒什麼興趣。」

男人聳聳肩，沉默了。什麼也沒發生。

「是不是失敗了？」

市長小聲問。

「失敗？我嗎？大耳狐，你這才是不好笑的笑話哦。」

「但是……」

白衣男的表情僵硬，毫無血色的臉龐更加鐵青，太陽穴微微痙攣。

對了，這傢伙最討厭「失敗」這兩個字了。彷彿這兩個字具有危害自己的力量，非常忌諱、厭惡。

換個話題。

「上次那件事，目前好像穩定下來了，沒再發現新的案例。」

「應該不會再發生了吧。」

「你敢肯定嗎？」

「當然。」

「就交給你囉。如果那些傢伙再繼續在都市內部活動，那可不妙。」

「那只是例外。」

「為什麼會出現例外？而且，全都是沒有登記在樣本資料裡的人。」

「計畫的前期在某個地方出現疏忽，但是，沒什麼好緊張的，例外畢竟只是例外……咦？」

「開始了。」

「怎麼了？」

白衣男指著說。

椅子上，被叫做罪人的男人往後仰，脖子左右搖晃，在叫著些什麼。

「想聽聲音嗎？」

白衣男指著綠色按鈕問。

「不，算了。」

他慌張地說，但隨即又搖著頭，小心不讓對方察覺到自己的狼狽。

如果可以的話，我才不想看這種東西。我想離開這間無趣的房間，回到我的辦公室，回到我在「月亮的露珠」最上層的房間。裡面有高級的家具、優美的風景，那才是適合我的地方。

「仔細看，那傢伙要出來了。」

白衣男的聲音顫抖著，一臉陶醉。

椅子上的男人已經不動了。才不過沒多久的時間，他的頭髮已經完全白了。不只變成白色，還精疲力盡一般地掉落。看起來半透明的皮膚上，出現點點老人斑，從這裡都能看得出來。

「放大來看，你看。」

白衣男用下巴指著螢幕。螢幕上放大著男人低垂的臉龐，瞪大雙眼，歪著嘴巴的臉上，帶著無法理解自己身上究竟發生什麼事、就這麼斷氣的表情。褐色的斑點布滿整張臉，還有著深深的皺紋。半開的嘴裡，牙齒搖搖欲墜。怎麼看也像近百歲的老人。脖子上還隆起一塊特別醒目的黑色斑點，蠕動著。明明隔絕了聲音，但是耳裡卻似乎響起咬破人肉的聲音。

出來了。

揮舞閃耀著銀色光芒的翅膀與觸角，腳還動個不停。

一隻蜂從人體內誕生了。

「要捉囉。」

白衣男喃喃自語，臉上還是出了神的表情。

椅子下方出現一顆透明的球，是一個直徑十公分的捕捉用球型機器。它就像肥皂泡泡一般，輕輕飄起，瞬間就抓住蜂，將牠關在球內。

「成功！」

白衣男大叫，高興得紅了眼眶。

「終於成功了。不，是邁向成功的第一步。不過，我們確實前進了，大耳狐。」

「是啊，恭喜！」

「雖然還不算完美……還不夠完美，然而，成功就是成功。再過不久、再過不久，我就能完全控制牠們。孵化、生長、羽化、產卵，全都能夠控制，我就能隨心所欲操控牠們。太美妙了，總算、總算走到這一步來了。」白衣男握緊拳頭，以緩慢的腳步在房間內來回踱步。他興奮得雙頰紅潤，嘴唇失去了顏色。

「之前的樣本都還無法控制羽化。指標個案的雄蜂跟公園管理員的雄蜂，都只能預測到羽化的時期。從那時候起，又過了幾個月？不過才幾個月，就做到這個地步。啊啊，過去那麼漫長的歲月彷彿一點也不真實，簡直就像作夢嘛。已經做到這一步了，就快完成了。只差一點點……」

天才與瘋子只有一線之隔嗎？說得一點也沒錯。

市長的視線從獨自喃喃自語，在房間內踱步的男人身上，轉到牆壁的另一側，第一實驗室。他覺得叫死刑室還比較適合。

屍體已經不在了，被運往解剖室去了。椅子也自動收納，房間內變成一片空蕩的空間，完全看不到死的痕跡。這裡又變得空無一物。

「不行不行，不能光顧著高興。雖然已經能成功控制羽化，但是，並不是完全沒有問題了。當然不是。唉呀，不是還有一個大問題還沒解決嗎？那個問題該怎麼辦……大耳狐！」

白衣男興奮地叫著市長的綽號。厭惡感變成小小的刺激，刺進市長的肌膚。

「什麼事？」

「我要人。」

「當作樣本嗎？」

「那個也需要。」

「種類呢？數量呢？」

「這次我不選種類，我要大量。」
「不是都市內部的人也可以嗎？」
「無所謂，重量不重質。數量比較重要，大耳狐。」
「那正好，最近預定進行清掃作業。」
「太棒了！盡快。還有，我要人才。」
「人才？」
「優秀的工作人員呀！我想要可以成為我的助手，又有最高等級頭腦的工作人員。」
「現在的人員不夠嗎？」
「完全不夠，我需要更優秀的人才。」
「這個嘛……有點困難。菁英人數本身就很缺乏，如果再調來給你，人手就更不足了。」
「把我的需求擺在最優先！」
在白衣男喊叫的同時，牆壁上的燈閃爍了。
「解剖室好像準備好了，我得走了。你呢？」

「我要回去，回『月亮的露珠』。」

因為那裡才是我的地方。

「是嗎？那就拜託囉，樣本跟人才我都要。」

牆壁的一部分無聲地敞開，白衣男走了出去。

真的有必要嗎？

突然浮現疑問。由於太過唐突，呼吸混亂，他不自主地壓住胸膛。

對我而言，他是必要的嗎？這個計畫本身是必要的嗎？不需要依賴他，也不需要依賴他的計畫，我不也一樣能統治這塊土地嗎？

為了調整氣息，他多次反覆深呼吸，凝視著眼前空蕩蕩的房間。

該如何處理死刑犯的後事呢？

得好好想想。

如果不像往常一樣當作病死處理，而是公布他被處死的話，會怎樣呢？讓大眾知道違反神聖都市NO.6規定的人、企圖欺騙的人、不乖乖服從的人、叛逆的人，會有什麼下場，殺雞儆猴，不容許絲毫的違背。正式公布那樣的態度，並且強化取締、徹底執行。只要懷疑，就全部逮捕。看情況，關閉議會也無妨。

如果這麼做，會怎樣呢？市民會抵抗嗎？長久以來過著跟抵擋、抗議無緣的生活，他們有辦法、有精力做這種事嗎？那些跟狗一樣忠實、比小貓還脆弱的可愛市民，會質疑我嗎？

市長的嘴角上揚，笑出聲音來。

不可能。

怎麼可能。他們只會畏懼我的力量，臣服於我。

「市長，議會的時間快到了。」

市徽章內建的麥克風，傳來秘書官的聲音。

「我知道了。」

「車子已經在等您。」

「我馬上過去。」

不能焦急。好不容易走到這一步了，沒必要焦急，要巧妙地秘密進行。

市長朝著牆壁走去。門開了，前方是微亮的走廊。走廊也是一片銀色。

4 災難的舞台

我親愛的婦人們，在我們之間，憐憫就如同讚賞一般，因為神聖的正義，殘酷已遭到嚴厲報復了。我想跟各位談這件事，驅趕各位心中的殘酷，因此我想告訴各位一個愉快，但是又值得同情的故事。

（《十日談》 薄伽丘 野上素一編譯 社會思想社）

走在悶熱的草叢，看著自己的腳，非常小。草很高，高到肩膀附近。我發現自己非常渺小，幾乎快被可怕的茂密草叢淹沒。抬頭望見的天空，蔚藍又遙遠。風停了，非常炎熱。

有人叫我。

叫的是真正的名字，已經好久沒人這樣叫我了。空氣在振動。風搖曳著頭頂上的樹枝，綠的味道更濃了。

是誰在叫我呢？誰知道這個名字呢？

我聽見歌聲，還有昆蟲振翅聲。眼前有黑色影子掠過。

一個，一個，又一個。以蔚藍為背景，無數的昆蟲飛舞著，描繪著圓形。一靠近就分散到四方，然後又集中在同一處。

是舞蹈。

配合歌聲舞動著。

過來。

是個溫柔的聲音。

我來教你唱歌。教你為了生存的歌。過來我這邊。

我的名字被呼喊著，再三呼喚。好懷念的聲音。但是我動不了。

振翅聲愈來愈大聲。在耳邊不斷迴響，振動空氣。黑色影子亂舞。

啊啊，這片風景……

「老鼠！」

被叫回來了，被一股強大、真實的力量拉回來了。

歌聲、呼喊聲、振翅聲、濃郁的綠色味道，全都消失了。

「回答我，老鼠！」

眼裡映著淡淡的光。冰冷的布壓著我的脖子，好舒服。

「紫苑……」

「你醒了嗎？看得到我嗎？」

「還可以。」

「你知道你現在在哪裡嗎？」

「床上……你抱我過來的嗎？」

「三加七呢？」

「啥？」

「加法，三加七等於多少？」

「幹什麼？猜謎嗎？」

「認真回答我！三加七？」

「十……」

「嗯，正確。再來，三的七倍呢？」

「紫苑，我說你啊……」

「三的七倍，認真回答我。」

「二十一。」

「正確。那今天晚餐吃了什麼？」

「我吃過晚餐這種東西嗎？噢，我吃了兩塊番薯乾，喝了一點羊乳。我還從借狗人那裡敲了一袋軟掉的餅乾，差點就被他咬了。」

「覺得頭暈嗎？」

「完全不會。」

「想吐嗎？」

「還好。」

「頭痛呢？」

「也沒有。」

「發生什麼事了……你暈倒的時候，有什麼感覺？說得出來嗎？」

紫苑的眼睛凝視著我。他的眼底一片光亮，讓人聯想到冰凍的湖面。

「風……有風在吹。」

「風？」

「吹著風，帶走我的魂魄。」

風帶走魂魄，人掠奪心靈。

大地呀，風雨呀，天呀，光呀。

將所有都留在這裡。

那個聲音似乎是這麼唱著。

不太記得了。倒是喉嚨好渴，渴得好痛。

紫苑遞來一個白色杯子，裡面裝滿清澈的水。一口喝光。紫苑遞來的水，如同慈悲的雨水，滋潤乾枯的大地，流進我的體內，慢慢滲透。難以形容地好喝。我鬆了一口氣，開口問：

「紫苑，你該不會擔心我的腦部出現障礙吧？」

「你突然昏倒耶，我當然會懷疑啊！」
摸摸脖子。順著下來，摸摸從敞開的襯衫看得到的胸膛。似乎沒有異常，至少沒有肉眼看得到的異常。
紫苑鬆了一口氣。
「不是寄生蜂。」
「頭髮跟皮膚都沒有變化，跟牠們沒關係。」
「好可惜。有像你一樣的頭髮也很不錯啊！」
「別講那種難笑的笑話。你一下子就不醒人事，一點都不好笑。」
「只是單純的貧血啦。」
「貧血？你只是貧血？」
「你幹嘛那麼激動啊！」
「老鼠。」
紫苑坐在床上，再度嘆了口氣，說：
「不要太有自信了。」
「什麼意思？」

「別太相信自己了。你也是活生生的人啊，會生病，也會受傷，這點你別忘了。我不是醫生，也沒有醫學知識。但是，剛才你那種昏倒的方式，應該不是單純的貧血。」

「謝謝你的關心。我明天會去醫院接受精密檢查。如果需要住院的話，我會住最頂樓的貴賓室，你一定要來探病喔。」

「老鼠，我不是在開玩笑。」

「囉嗦！」

怒斥。自己也不知道為什麼要生氣。並不是慌亂到無法控制情緒，也不是憎恨眼前的人。然而，語調卻激昂了起來。

沒有人這麼真誠地在乎我，我不想有人真心擔心我，不想有人關心我。在乎、擔憂、關心，都很容易就被納入名為愛的範疇裡。我不認為那些東西是必要的，沒有也能活下去，我就是這麼活過來的，所以我不需要。

紫苑不明白這件事。在這個地方生活，他懷抱了太多不必要的東西。也許我是對他的那份無知、那份愚蠢憨直感到煩躁吧。

「手指頭沒有麻痺的感覺吧？也沒有腫起來……」

紫苑的手觸摸著放在床上的手，輕壓著。他很認真、冷靜地查看是否有麻痺、浮腫的情形。似乎完全無視於老鼠的怒斥。

無知、愚蠢，而且遲鈍。

老鼠揮掉紫苑的手，從床上跳了下來。

「老鼠，不行啦，不能急著下床。」

「我教你。」

「什麼？」

「我教你跳舞。」

「你在說什麼啊，你需要安靜休養。」

「來啊，快點！」

老鼠拉著紫苑的手臂，強迫他站起來。用手握住他的腰。

「看，果然如此。」

「什麼？」

「我果然比你高。」

「那有！我們差不多吧。」

「呵呵。王子，你跳過舞嗎？」

「沒有。」

「我想也是。那麼，首先從初步的舞步開始。喂，挺胸，抬頭，別看下面。」

老鼠哼起旋律。

「不要啦，我不會跳舞啦，而且，在這裡跳太危險了，地方這麼狹窄，我們在這裡轉來轉去，書會倒下來。」

「我不會跳得那麼粗魯。好，在這裡轉身。後退。再一次，轉身。唷，跳得不錯啊。」

「我只是被你拉著而已。」

「那也很厲害啊，你的動作很輕盈。前進，轉身。很好，跟上旋律囉。重複一開始的舞步。跳啊，跳吧，紫苑。」

紫苑本想說些什麼，不過還是作罷，隨著老鼠的腳步舞動。他聆聽著從老鼠的嘴裡哼出來的輕鬆旋律，踩著舞步。暖爐的火焰，倒映出兩個人的身影。小老鼠們全都擠在一起，從堆積如山的書堆上低頭盯著他們看。

「哎喲！」

腳打結，紫苑跌坐在床上，喘著氣，額頭上都是汗珠。

「還真累，原來舞蹈是全身運動。」

「你不知道嗎？」

「不知道。我好像又變聰明一點了。然後呢？」

「嗯？」

「我喘得這麼厲害，你卻一點也沒事。你想說的是這個？」

「算吧。」

「不論是體力、運動能力、身體的強壯，你都遠遠勝過我，不需要多餘的擔心。你想這麼說吧？」

「我不會講得那麼露骨。」

紫苑站起來。站在老鼠面前，伸出手來。那只是一瞬間的動作。

啊？

脖子被抓住了。說是被抓住，其實只是指尖輕輕碰觸而已。然而，老鼠卻全身不寒而慄。彷彿被陷阱抓住的野獸一般，顫慄貫穿全身。

「我以為……那傢伙會從這裡出來。」

紫苑輕聲說著。聲音似乎卡在喉嚨，傳來的是低沉沙啞的喃喃聲。

「你暈倒的時候，我想到的就是這個。我以為你……會死。老鼠，我不是為了你。」

「什麼意思？」

「我不是為了你才擔心你的身體，我是為了我自己。為了逃避恐懼，所以關心你的。」

紫苑拿開手。老鼠這才發現直到紫苑的手離開，自己都不敢呼吸。

「老鼠，我不知道的事情很多，但是我很清楚知道……失去你，對我而言，是多麼可怕的事情。我想，我應該比任何人……比任何人都害怕失去你，害怕到無法忍受。我只是想確定，你絕不會從我的面前消失而已。也許你會嘲笑我、輕視我，不過，這是我的真心話。」

那是坦率、單純的愛的告白。

沒有你，我活不下去。

多麼直截了當、多麼赤裸裸、多麼愚蠢的告白啊！紫苑現在犯下將自己的愚蠢、懦弱、脆弱公諸於世的錯誤。然而，老鼠卻無法嘲笑他，也無法瞧不起他。並不是因為被他的坦率打動，也不是因為甜蜜的告白而心動。

這傢伙……究竟……是誰？

「晚安。」

紫苑低著頭，從老鼠身邊走過。

「我睡地上。總之，今晚你好好睡。你出了很多汗，消耗的體力應該超乎你的想像。」

「……好。」

老鼠好不容易擠出回應。當紫苑的背影消失在書堆裡時，他忍不住搗著脖子，深呼吸。

無法逃避。

我無法逃避紫苑的手。脖子是人類的弱點之一，些微的小傷或衝擊，就可能要命。我居然無法撥開伸過來摸脖子的手。紫苑沒有殺氣，然而我並不是因此大意，也沒有主動接受他伸過來的手。

我只是無法避開，居然這麼輕易就被抓住了。

我無法看穿紫苑的行動，無法逃避，也無法拒絕，才會輕而易舉就被他抓住。如果紫苑是敵人，如果紫苑有殺意，如果那隻手握著刀子，我絕對會被殺。一聲都來不及喊、來不及叫，就平躺在地板上，被殺掉了。

一刀斃命。

當脖子被紫苑的手抓住的瞬間，自己心底潛藏的感情，並沒有絲毫縱容。只有恐懼，只有害怕。自己曾經多次經歷過危險，也曾多次認為自己就到此結束。然而，對眼前的對手覺得恐懼、驚怕、身體僵硬不能動的事情，一次也沒發生過。

那雙眼睛、那個動作、那種壓迫。
這究竟是什麼！
老鼠緊咬著牙齒。
傳來小老鼠在地板上竄動的腳步聲。
「克拉巴特、月夜，你們都安靜點。好了，過來。」
紫苑叫著小老鼠們。當毛毯翻動的聲音、小老鼠們的鳴叫聲都靜止後，書櫃的那一頭，完全沒有了聲響，也沒有人活動的感覺了。一切都包圍在寂靜裡。
沒有你，我活不下去。
天真、但是真誠的告白，與輕而易舉抓住老鼠的動作。雖然只有一瞬間，但是，情感消失在紫苑的眼裡。
那並不是吐露愛意者的眼神，那的確是抓住他人弱點，捕獲者的眼神。我猜他本人應該沒有發現吧。

什麼都不懂的，其實是我吧？

一個擁有優秀的頭腦與溫柔的心，在溫室長大的少年，完全不懂憎恨、抵抗、戰鬥。懂得包容他人，卻無法傷害他人。也許能守護他人，卻無法攻擊他人。跟破壞、殘虐、冷血都搭不上邊的人，只能成為太陽的人。他不是這樣的一個人嗎？如果不是的話……

來歷不明的人。

救他、被救、共同生活、度過每一天。兩人的關係比誰都還要親密。雖然厭倦那樣的關係，覺得擔憂，卻無法斬斷，心底的某個角落還是需要他，甚至把他當作依歸也說不定。

我比任何人都害怕失去你。

紫苑所說的話，也是自己的想法。雖然覺得懊惱，但如果是事實，也只能承認。只是，話雖如此，今天第一次，從認識以來第一次，感覺自己失去了這名叫紫苑的少年。

老鼠再一次用力緊咬牙齒。生鏽齒輪轉動般的低啞聲音，在心底深處迴盪著。

我想我並不是失去他，而是一開始就沒擁有。

我只看到了燈光照耀下，明亮的部分。我看過泥土中的樹根多過地面上的花朵，看過沉靜在黑暗中的部分多過陽光照耀的部分，一直以為自己的視力很好，也總是很有自信。

沒想到其實什麼都看不清楚，什麼都不了解。

天真爛漫的笑容、毫無防備的動作、真誠的眼神讓我目眩，什麼也沒看見。

並不是迷失了，而是一開始就沒看見。

老鼠全身起了雞皮疙瘩。

紫苑，你，究竟是何許人？

老鼠在心底對著裹在毛毯裡和小老鼠睡在一起的少年問。

你，究竟是誰？

那是突然發生的事情。

一大早就雪雲密布，馬路全都結冰，過了午後仍沒有融化的跡象。天空飄著雪，寒風吹過西區的市場。那天就是這樣的天氣。

借狗人那裡，有一隻老狗斷氣了。

「他是我媽媽的兄弟。」

借狗人在冰凍的地上挖著洞，突然這麼說。

「那麼，不就等於是你舅舅？」

「也許吧。這下子，能講我媽媽的事情的對象，又少了一個了。」

「不過……牠應該年紀很大了吧？」

「嗯。如果是人類的話，應該已經近百歲了。所以，我想牠走時應該沒什麼痛苦。直到昨天，我還要小狗仔們舔牠呢。早上起來時，天氣變冷了，誰也沒注意到牠。直到睡在一起的小狗仔們發現牠全身冰冷，嚇一大跳，嗚嗚嗚地叫著，告訴我這件事，我才知道牠往生了。」

「牠很厲害。」

「是啊！」

地面冰凍、堅硬，用粗糙的鏟子、木板塊挖，進展很慢。

「老鼠。」

紫苑抬頭看著坐在廢墟牆壁上的老鼠，出聲叫他。

「你有空也下來幫忙吧。」

「我？為什麼我要挖狗墓？愚蠢。」

借狗人哼著說：

「紫苑，算了吧，我不要那種傢伙來挖我的狗墓。」

「可是要他唱歌啊！」

「送葬的歌嗎……？」

「是啊，讓他引導魂魄。老鼠，可以吧？」

「送葬歌很貴哦，要銀幣三枚。」

借狗人扔掉鏟子，張牙咧嘴地咒罵：

「你給我下來！你這個貪得無厭的老千，我要咬斷你的喉嚨！」

「你咬得斷的只有發霉的麵包吧。對了，你房間的櫥櫃裡，好像還有餅乾吧？我去拿來當午餐。」

「開、開什麼玩笑！站住！不准你碰我的餅乾，老鼠！」

借狗人一腳彈跳上瓦礫堆，追了上去。老鼠早就不見蹤影了。

「唉，你們兩個都回來啊！老鼠，你不是說要我待在你的視線範圍內嗎？借狗人，你放著你舅舅不管嗎？」

沒有人回答他。結果，紫苑一個人挖洞，埋葬了一隻年老衰弱而死的狗。

當借狗人喘著氣，衝進房間裡時，老鼠已經坐在桌子上，手裡抓著餅乾袋了。

「還來！」

借狗人用力瞪著老鼠。他不認為這招有效，沒想到老鼠二話不說就丟還給他，反倒讓他大吃一驚。

「什麼嘛，你不餓嗎？」

「咦，我說餓的話，你會請我吃嗎？」

「開什麼玩笑！給狗吃的飼料有，給你吃的餅乾，一塊也沒有。」

借狗人將袋子放回櫥櫃裡。雖然是舊式櫥櫃，但是還是有上鎖，沒想到老鼠三兩下就打開來了。

真是完全不能疏忽。本來就不能讓這傢伙有機可乘就是了。

借狗人重新上鎖後，轉身。老鼠還是以同樣的姿勢坐著。

他從地板上拾起小石頭。這間房間在已經廢墟化的飯店內，應該算是比較堅固的建造，牆壁、地板都還好好的，沒有崩塌。不僅足以抵擋風雨，就居住空間而言，在西區算是很棒的那一類了。

然而，話雖如此，房間內也開始出現崩壞的跡象。牆壁上，鑲上去做為裝飾用的小石頭，開始剝落了。仔細看，勉強可以看得出來是被塗成藍色的小石頭。借狗人輕輕握著這種小石頭。

「老鼠。」

當老鼠轉過來時，借狗人便用力丟過去。老鼠只是皺眉，稍微歪頭，避開藍色小石頭。

「老鼠。」

借狗人再一次叫他，這次什麼也沒丟。

「你怎麼了？」

「什麼怎麼了？」

「有煩惱嗎？」
「煩惱？」
「我問你是不是有什麼煩惱。」
「啥？」
兩人相視，幾乎在同時輕輕笑了出來，然後沉默。先開口的人是老鼠。
「自我出生以來，一次也沒煩惱過。」
「我猜也是。」
「你應該也是吧？」
「我？我常常煩惱啊。狗的飼料、明天的伙食費，這些都是煩惱。我有狗，雖然牠們能依靠，卻也是沉重的負擔。我不能讓牠們餓死，不像你這麼輕鬆。」
「輕鬆……借狗人。」
「幹嘛？」
「真人狩獵快到了，我的第六感告訴我，應該就在這幾天了。」
「你的感覺，是嗎？」
「對，我的感覺。我是不是應該說出來呢？」

「你要告訴誰？」

「西區的居民啊！」

借狗人眨眨眼睛，凝視著老鼠的側臉，問：

「告訴他們有真人狩獵，叫他們逃嗎？」

「對。」

「逃？逃去哪裡？」

老鼠沒有回答，只是微微瞇著眼睛看著自己的靴子，看起來像是專心一意在深思熟慮的樣子，也像是很猶豫的樣子。

「如果NO.6那些好心人士，公布哪一天的什麼時候到什麼時候，要進行真人狩獵的話，那還沒問題，只要那期間逃走就好了。但是我們不知道啊。你說是這幾天，那也不過是你的第六感而已。也許是五分鐘後，也許是一個禮拜後也說不定啊。如果會因為這麼曖昧不明的情報就逃避的話，誰也沒辦法住在這裡嘛。就是因為沒地方可逃，就是因為除了這裡之外，沒有別的地方可以生存，所以大家才會留在這裡。」

借狗人一邊說，一邊覺得，這種事情這傢伙應該也很清楚才對。

在這個地球上，兼具人們能夠生存的各種條件的地方，很少。除了成立為都市國家的六個地方之外，應該沒有了吧。借狗人不知道，跟其他五個都市相比，N０．６包括周邊地區的環境特別豐腴。為了生存，人們聚集在此；離開這裡，等於找死。人們不是因為知識、情報知道這一點，而是靠本能察覺到的。

無法逃避，無處可逃。真人狩獵幾年一次，運氣好的話，可以逃得過。那麼，何不待在這個地方，反正除此之外，也別無他法。

放棄與活下去的抉擇。結果，大家都選擇留在這裡。

因為只有這裡能活得下去。所以是地獄。

「這種事，不用我講吧？」

借狗人故意大聲地哼了一下。是啊！老鼠回答。

這傢伙怎麼了？

害怕即將發生的事嗎？

膽怯？老鼠嗎？

借狗人不自覺搖頭。長髮在背後發出沙沙沙的聲音。

不可能。借狗人不喜歡老鼠，甚至覺得他是危險人物。不知道他在想什麼，老鼠絕對不會將重要的部分暴露出來，也有很殘酷薄情的一面。每次看到他熟練地使用小刀，他就很懷疑這傢伙是不是曾經這樣殺過許多人。

如果可以的話，他不想跟他有牽扯。這是真心話。話雖如此，但是他很清楚老鼠這個人不會姑息、膽怯，做事小心翼翼，絕不會怯場。

這傢伙決定潛入監獄。既然決定了，就一定會去做吧。

事到如今，他不可能害怕、膽怯。

也許是發現借狗人訝異的表情，老鼠輕輕聳聳肩。

「是啊，沒錯，不用你講也知道。只是……」

「只是什麼？」

「紫苑沒這麼說嗎？」

「說要叫大家逃嗎？」

「是啊！」

「很像那個天真少爺會講的話……但是，紫苑對真人狩獵的事，還不是很清楚。」

「他已經察覺到了。」

老鼠從桌上跳下來，拾起滾落在牆壁邊的小石頭。

「那傢伙雖然天真，但並不遲鈍，應該早就察覺真人狩獵是什麼東西了，雖然還沒有真實的感覺。」

「哦。那傢伙變聰明了嘛，看來終於了解西區的現狀了。」

「大概吧。」

老鼠用指尖轉動著小石頭。借狗人脫口而出問：

「你在堅持什麼？」

美麗的深灰色眼眸矇上一層陰影，看起來有些動搖。借狗人看過類似的游移眼神。他看過很多次，在瀕臨死亡的孩子們眼中。他們無法理解為什麼如此痛苦，不知道接下來會發生什麼事，因為痛苦、迷惑、恐懼，不知不覺睜大了眼睛。雖然不完全一樣，但是很類似。

「你在怕什麼？」

這也是不小心脫口而出。

你果真害怕著什麼嗎？

不是監獄，也不是真人狩獵。那些也許會為老鼠帶來生命危險，但是不會讓他恐懼。那麼，究竟是什麼……

紫苑？

借狗人皺著臉，打了一個小噴嚏。

「你覺得我害怕？」

「不……」

紫苑跟老鼠之間有什麼關係，有怎樣的糾結，借狗人不了解，也不想了解。不關他的事。只是，他覺得紫苑不可能與老鼠為敵，絕對不可能。而且，就算那個天真、不解世事的少爺變成敵人，又有什麼殺傷力呢？

借狗人深呼吸。

隨便啦，總之，不想再跟這些傢伙糾纏了。他對著老鼠揮手。

「算了，你快滾。」

「那你得先道別啊！」

「跟你這種傢伙道什麼別啊，老鼠？」

老鼠雙手覆蓋著臉。搖搖晃晃，往牆壁靠。接著滑了下來，跌坐在地上。

他雙腳彎曲，把臉埋在裡面。

「老鼠，你怎麼了？」

沒有反應。

「老鼠，你別開這種無聊的玩笑啦。這是哪一齣戲？你可別指望我指導你哦。」

「又來了……」

「什麼？」

「又來了……我又……聽到有人唱歌了。」

老鼠的聲音顫抖，呼吸也很紊亂，聽起來像是微弱的呢喃聲。

風……帶走魂魄……人掠奪……心靈。

「老鼠，你在講什麼？你振作點。」

這傢伙有病。

借狗人蹲下來，將手放在老鼠的肩膀上。

「你等一下，我去叫紫苑來。」

老鼠用一股大到借狗人幾乎要叫出來的力道，拉住借狗人的手。

他單手壓著額頭，慢慢站起來。深呼吸。

「喂，老鼠？」

「我沒事。」

「看起來不像沒事耶……好吧，反正你有什麼三長兩短，也不干我的事。」

「彼此、彼此。」

老鼠放開借狗人的手，邁開腳步。扎扎實實的腳步。

「啊，對了。」

老鼠在門口回頭，動了動指頭，突然，指間夾著一枚銀幣。

「那、那該不會是……」

「你猜對了。櫥櫃後面居然有道暗門，你住的房子還真帥，借狗人。」

「不、不會吧，你打開了？」

「當然。這一枚銀幣就當紫苑今天的薪水，我收下了。還有餅乾一袋。」

「你、你連餅乾都拿？別太過分了！」

「沒有潮濕，也沒有發霉，真是高級的餅乾，這下能有個享受的午茶時光了。謝啦。」

就在借狗人要撲上去時，門關上了。

埋葬了一隻年老力衰的狗。

蓋上泥土，將借狗人從瓦礫中找來的石頭放上去，當作墓碑，然後雙手合十。幾隻小狗坐在紫苑旁邊，對著剛完成的墓搖尾巴。

背後有動靜。

幾乎完全聽不到靠近的腳步聲，因此紫苑不用回頭，也知道來者是誰。

「你在做什麼？」

老鼠問。

「對著墓拜拜啊！」

「你在為狗祈禱？」

「牠在這塊土地上，平安過完一生，我覺得牠很偉大。」

老鼠用靴子踢著小石頭，點頭表示同意：

「是啊，的確，你說得沒錯。能在這裡壽終正寢，簡直就是奇蹟。在不合理的世界裡，平穩地死去。嗯，的確值得尊敬。」

「一起祭拜吧？」

「不，我就不用了。好，我們回去吧，你今天的工作已經結束了，不是嗎？」

「你從借狗人那裡搶來餅乾了？」

老鼠豎起指頭，搖了搖，說：

「高貴的王子，怎麼能這麼說話呢？你應該要慎選用詞哦。」

「你真的搶了。」

「是你的薪水，挖墳墓的報酬啊。還有這個。」

老鼠的指尖出現一枚銀色的錢幣。

「一枚銀幣加上一袋餅乾，你敲太多了吧？」

「有什麼關係。我可是介紹了兩枚金幣的工作給那傢伙，這枚銀幣算是仲介費。走吧，我們到市場去買肉乾回家。」

紫苑與老鼠並肩同行。本來在腳邊嬉戲的小狗們，送他們到廢墟外。

「借狗人呢？怎麼沒看見他？」

「他在哭。」

「你把他弄哭啦？」

「那傢伙超愛哭。愛說大話，又那麼愛哭。他很不甘心被我搶了銀幣跟餅乾，現在哇哇大哭呢。」

「好可憐……老鼠……」

「什麼？」

「我在想借狗人說不定……是……」

「他怎麼了？」

「嗯……沒有，沒事。抱歉。」

兩人爬上快要崩塌的石階，往組合屋林立的市場走。風從正面吹來，幾乎要將身體的熱量連根拔起。

沙布還好嗎？她冷不冷？餓不餓？

我喜歡你，紫苑，我比誰都要喜歡你。

當時，紫苑無法回應少女的心意，今後也沒辦法吧。他無法像沙布所希望的那樣愛她，但是，他可以用別的方式愛她。

沙布，妳一定要活著。

等我。求求妳。

風更強了。紫苑縮著身體。

「你在想什麼？」

風吹動頭髮。老鼠望著紫苑問。

「我在想沙布。」

「別著急……雖然我知道不可能，但是，著急也沒用，這點你要記住。」

「嗯。」

「帽子戴低一點。小心『善後者』，要是被看到那就麻煩了。」

老鼠都還沒說完，在組合屋前喝酒的一堆人當中，一個身強體壯的男人就往他們這邊走過來。

「別走，小兄弟們。」

沒錯，就是之前纏上紫苑的男人。紫苑記得那男人手臂上的蛇刺青。

「你們不就是之前那兩個欠揍的小鬼嗎？好呀，你們來的正是時候，今天我會好好招待你們。」

真是的。老鼠咋舌，同時若無其事地揮動右手。一顆藍色的小石頭直擊男人的眉間。男人發出悲鳴，身體往後仰。紫苑撥開來往的行人，往前跑。

「這邊。」

老鼠從後面追來，滑進小巷裡，蹲下。「善後者」們發出怒吼聲，從旁邊跑過去。

「糟糕，下次遇見，可不是被揍兩下就能了事的了，你要有心理準備。」

「只有我要有心理準備嗎？」

「我會逃。」

「我也會逃啊！」

老鼠小心觀察四周，然後輕輕地從小巷裡爬出來。男人們發出怒吼聲，四處找人的情形，在這裡是家常便飯的事情，因此，人們仍舊若無其事地走著。

「的確，你逃命的速度變快了。跟之前相比，進步神速哦，紫苑。」

「你訓練出來的。啊，之前好像也講過同樣的話。」

老鼠笑了。不是苦笑，不是嘲笑，也不是冷笑。是一種耀眼奪目的笑容，紫苑都看傻了。

「伊夫！」

小巷底傳來大叫聲。

「你在這裡做什麼？」

一個穿著白色襯衫、黑色長褲、個頭不高的男人，一臉興奮地站在那裡。他戴著一頂寬帽子，顏色偏黑，脖子圍著一條同色系的絲巾。雖然不太適合他，不過在西區，這樣的裝扮很罕見，看起來滿瀟灑的。

「啊……經理。好久不見了。」

「真的是好久不見了。我找你找得好辛苦呀！為什麼不來劇場？你不登台就沒戲唱了。你是什麼意思？」

「有很多因素……我想休息一陣子。」

「休息？你在說什麼啊！店裡的客人幾乎都是來看你的耶，你想搞垮劇場啊？」

接著，經理換了一副嘴臉，臉上帶著近似卑躬的笑容。

「我說伊夫啊，我們就把話說開吧。如果你有什麼不滿，隨時可以告訴我啊。」

「不滿啊……很難耶。」

「沒有嗎？那……」

「是太多了，如果要一樣一樣說，可能要講到明天早上。」

「伊夫，算我拜託你啦。如果是薪水的問題，我一定讓你滿意。要是今晚沒辦法，那明天開始來吧。」

傳來聲響。這個聲音，紫苑一輩子也忘不了。牢牢縈繞在耳朵深處，刻印在記憶裡，重複出現在夢迴中的聲音。

破壞的聲音，殺戮的聲音，死亡的聲音，絕望的聲音，悲鳴、嘶吼、哭泣、腳步聲，全都融合在一起，變成糾結、纏繞、扭曲、人間煉獄的聲音。地獄就在紫苑的眼前現形了。

人們拚命逃竄。組合屋倒了，帳棚被撕裂了。

「是真人狩獵！」

有人吶喊著。

真人狩獵！

真人狩獵！

真人狩獵！

連呼嘯的風聲都靜止了。

有一個老人跌倒了。還來不及扶起他，無數的人群就踏過跌倒的老人，狂奔離去。

「開始了。」

老鼠吞了口口水。他回頭，對經理喊：

「快逃！」

頭上傳來爆炸聲。空氣掀起了震波，一股讓人麻痺的衝擊撞了上來。本來是肉店的組合屋被炸得四分五裂。

「紫苑！」

紫苑被撞開，老鼠撲了上來。

他被壓在地上，無法呼吸。耳邊傳來老鼠的聲音。

「紫苑，你沒事吧？」

「沒事。」

現在不是昏倒的時候。開始了。就在此時此刻，揭開序幕了。

老鼠起身，紫苑也跟著站了起來，發出輕微的呻吟聲。看見天空了，頭頂上是一片灰茫茫的天空。原本遮住視線的組合屋二樓部分，已經被炸開、消失，揚起一陣飛塵。

「那個人呢？」

「誰？」

「你叫他經理的那個人。」

「啊，逃走了吧。運氣好的話，可以逃得掉，運氣不好的話……就會變成那樣。」

老鼠用下巴指著。一隻滿是鮮血的手腕，被壓在崩塌的牆壁下。那是一隻毛茸茸的粗手臂。

「應該是肉店老闆。」

是真人狩獵。

救命！

神啊！

可惡！

會被殺。
快逃、快逃、快逃！
啊啊啊！啊啊啊！啊啊啊！
耳邊充斥著隻字片語。老鼠跟紫苑兩個人為了不被人群推走，於是在已經變成瓦礫堆的牆壁陰暗處坐下。
肉店老闆的那隻手，就在距離不到一步遠的地方。

「老鼠，這就是……」
「你看。」
紫苑朝著老鼠指的方向看去。
「啊……」
聲音跟氣息都卡在喉嚨裡。
兩台裝甲車並行開來，阻擋著去路，以如同步行的速度，緩緩往市場中央前進。完全看不到組合屋了。組合屋簡直像紙糊的一樣，啪哩啪哩地被裝甲車壓碎。
「老鼠，那個裝甲車……」

「嗯，看起來像舊型的，不過應該有最新型裝備。把肉店二樓炸吹的是衝擊音波，原來已經可以實地使用啦？還是只是在這裡試用而已呢？」

「我不是說這個，那個……是NO.6的？」

「至少不是我的。」

紫苑從不知道，原來NO.6有軍隊。

在紫苑出生以前，分散在世界各地的六個都市國家曾齊聚一堂，簽定和平條約，明文規定放棄軍隊，並禁止擁有、開發、使用武器。因為國家之間的戰爭破壞了大自然，導致國土荒廢，危害到人類的生存。六個都市國家為了記取教訓，免於滅亡，於是簽訂條約，並發誓遵守。

這個條約在拜伯倫古城簽定，因此取名為拜伯倫條約。

不過，紫苑已經不再驚訝了。

如果NO.6是一個虛構的桃花源，那麼，軍隊、士兵、武器，這些企圖壓制、統治、抹殺他人的東西，比什麼都適合那個都市。

紫苑盯著緩緩靠近的裝甲車，靜靜地嘆了口氣。老鼠在旁邊笑了出來。

「我以為你會更狼狽，看來你變得非常堅強哦。」

「你訓練出來的。」

「當你的教練真有成就感。不過，才正要開始而已哦。」

「嗯。」

人們一窩蜂慌亂竄逃，又突然被推擠了回來。因為前方出現同樣的裝甲車，阻擋了人們的去路，悲鳴聲瞬間高漲。人與人互相推擠，如同骨牌一樣一面倒，尖叫、哭喊，層層的人群，不知不覺全都集聚在市場正中央，正好是紫苑跟老鼠藏身之處，就在被破壞掉的肉店前。肉店、對面的酒店、旁邊的二手衣店、賣乾貨的店，全都被破壞殆盡。也許是為了方便捕捉，所以有計畫的爆破也說不定。不知道什麼時候，群眾外圍，站滿了手持槍械的士兵。

「安靜！」

一道粗厚、低沉的聲音從裝甲車上傳來。

「請救救他，請救救這孩子。」

一名母親懷抱著還在吃奶的嬰兒，毫無目標地連聲求救。沒有人回應她。

「求求你，這孩子都還沒一歲，請饒了他。」

嬰兒在母親的懷裡，突然嚎啕大哭。

「求求你……不要殺他。」

紫苑緊咬下唇，全身發抖。

該怎麼辦？我能做什麼？我能……什麼都做不到。

汪。

狗叫聲。紫苑回頭，看到了從瓦礫間探頭出來的狗，是借狗人的狗，是幫借狗人送信給紫苑的那隻狗。前不久，紫苑還很仔細地幫牠洗澡，以示感謝。那是一隻茶褐色的大型狗。紫苑對著那名母親伸出手。

「嬰兒給我。」

母親抱著哭個不停的嬰兒，突然睜大眼睛。

「快點，給我。」

「你要對我的孩子做什麼？」

「也許他能得救，快點。」

紫苑從母親的手裡，半強迫地把嬰兒接過來。他脫掉外套，將小小的身軀包起來，然後放在瓦礫堆上。狗在旁邊舔著嬰兒的臉。哭聲停了。茶褐色的狗毛跟崩塌的牆壁同色，並不顯眼。

也許，這孩子能得救。也許……

「交給你了。」

狗靜靜地搖著尾巴。

「孩子，我的孩子……」

年輕的母親雙手掩面哭泣。

「如果妳沒事，就到飯店廢墟去。」

「飯店？」

「飯店廢墟。那裡的人會幫妳照顧孩子。不用擔心，他會好好養育妳的孩子。所以，妳一定要沒事，活下去，一定要去接妳的孩子。」

母親點頭。接著閉起眼睛祈禱。

「我不要死！」

響起粗厚的聲音。

「你們這些傢伙憑什麼殺我！」

隨著聲音的響起，男人撲向士兵。接二連三有人附和。群眾開始往士兵身上丟擲石頭。

「不妙。」

老鼠表情扭曲，說：

「紫苑，蹲下。」

「啥？」

「抱著頭蹲下！」

紫苑乖乖地雙手抱頭蹲下。幾乎在同時，士兵們拿槍掃射。電子槍的光貫穿人們的額頭、胸部、腹部。男女老幼甚至還來不及出聲，就已經倒下、痙攣，馬上就一動也不動了。

「抵抗者死，絕不寬赦。」

低沉的聲音。每個人都清楚知道，這聲音不是嚇唬人的。市場，不，曾經是市場的地方突然一片寂靜，人們連動都不敢動了。恐懼遍布全身，絕望讓身體僵硬。

紫苑慢慢站起來，眼前有一具屍體，眉間有傷，不過只是有點紅腫而已，並不是致命傷。致命傷在上面。他的額頭正中央被貫穿了。這個人是「善後者」。他的嘴巴微張，凝視著天空斷氣了。他的旁邊坐著一名老婦人，嘴裡喃喃自語地唸著些什麼，眼神迷惘、徬徨。

眼前的景致失去了色彩。這一天，牢牢印在眼底的風景，紫苑怎麼也無法賦予它顏色。雖然是個陰天，但是人們的服裝、頭髮應該也有各種顏色，連瓦礫也不是單一色調啊。雖然紫苑清楚記得狗那茶褐色的毛，但是男人橫屍、老婦人瘋狂、人群顫抖的風景，卻總是只有黑白兩色。唯一、唯一的例外是深灰色，不過不是厚厚的烏雲，而是眼睛的顏色。明亮深邃，閃耀著活力的深灰色眼眸。紫苑受到它的吸引，被它俘虜，這個顏色終將成為紫苑一輩子忘也忘不掉的顏色。

「我再說一次。抵抗者死。站在原地不要動。」

沒人動。動不了。只有風，隨意逝去。

「紫苑。」

老鼠抓住紫苑的手。

「保持冷靜。」

紫苑盯著老鼠的眼睛，伸手握住抓著自己手臂的手。不是想依賴，不是找依靠，他只是想確認而已。自己的心在這裡。我是人，我的心被他奪走，我希望能待在他的身邊。不管別人怎麼看我，這就是我身為人的證明。

在非人道，在太過於非人道的現實中，不捨棄對他人的渴望，持續擁有身為人的一顆心。只有這樣，才能證明自己是人。紫苑用力握緊老鼠的手。

老鼠，我是人。

老鼠呼地吐了一口氣。

「保持冷靜，你做得到吧？」

「我沒事。」

「我想也是……你應該沒問題，我多嘴了。」

「接下來要押送你們。」

裝甲車轉向，大型黑色卡車無聲無息地出現了。

5 通往未知的光

天空烏雲籠罩
大地狂風大作
七月七夜黑雲覆
九月九夜暴風嘯
江水漲滿天邊
河水蔓延地角
（中國神話《栗僳族的創世紀》君島久子 筑摩書房）

「阿姨，我要買馬芬。」
莉莉衝進店裡。

「咦？」

莉莉停下腳步，緊握銅板，眼睛眨個不停。因為樣子實在太可愛了，火藍不自主地微笑了起來。

「舅舅，你怎麼又來了！」

聽到外甥女如此露骨的說法，楊眠不禁苦笑。

「莉莉，我是為了工作才來打擾的，妳明白嗎？」

「什麼工作？」

「我要向大家介紹，妳最愛的火藍阿姨做的馬芬。很棒的工作吧？」

「介紹給大家會怎樣？」

「這裡的馬芬會出名，會有很多客人來啊。」

「我才不要！」

莉莉嘟著嘴，瞪著舅舅楊眠，說：

「如果大家都來買馬芬，那我的份就沒有了。」

「不會的。」

火藍從櫥窗裡，拿出兩個馬芬。

「莉莉，妳是阿姨最重要的客人，阿姨會替妳保留的。起司跟葡萄乾各一個，葡萄乾的是阿姨請客。」

「真的嗎？謝謝。我可以現在吃嗎？」

「當然可以。正好是午茶時間，我幫妳泡杯可可。」

「耶，好棒喔。」

莉莉滿臉笑容。

真是太可愛了。

火藍覺得很溫馨。每次見到小孩子的笑容，她總是這麼覺得，一股暖意緩緩浮上心頭。

住在下城的莉莉，在NO.6裡面，並沒有擁有良好的環境。在這個已經擁有完整金字塔階層的社會，站在頂端的是那些菁英；莉莉再怎麼努力，今後也不可能爬到上層。下城是金字塔基層的人們居住的地方，在大人的社會裡，很多人都覺得無力，也有人已經一副放棄的態度，但是小孩子們並不受影響。

他們在巷弄裡奔跑嬉戲，一點點小事就能讓他們笑開懷，看到好吃的東西眼睛會發亮。這裡的孩子不需要接受像克洛諾斯那樣，徹底的管理與指導，對孩子們而言，也許下城生活更適合他們。

希望孩子們幸福。

望著莉莉天真無邪的笑容，火藍這麼想。

至少，希望孩子們幸福。

為此，我應該怎麼辦才好呢？身為大人的我，應該怎麼辦才好？我連自己的兒子，連深愛自己兒子的少女，都救不了……

「火藍，妳怎麼了？」

正在拍攝馬芬跟牛角麵包的楊眠，抬頭問。

「沒有，沒什麼……」

「在想妳兒子嗎？」

「是啊……我無時無刻不想著紫苑，一秒也沒忘記過他，昨晚還夢見他呢。」

「嗯……那也是理所當然的，妳是他母親嘛。抱歉，我太輕率了。」

火藍對著楊眠搖頭。

「他看起來很好。」

「誰？」

「我兒子。夢裡，他在笑。雖然瘦了，但是笑容很燦爛。我想，那孩子應該很幸福，我也覺得很高興。醒來時，心情也變得輕鬆多了。」

「幸福啊……火藍，至少妳兒子還活著，這點是確定的。」

「真是謝天謝地。」

只要人還活著，我也就沒什麼好奢求的了。

紫苑，你要活著，活著再回到我身邊來。

火藍將可可放在莉莉面前，楊眠面前則放了一杯咖啡。

「什麼？舅舅也有得喝？是不是太厚臉皮了？」

莉莉很認真地說。楊眠被咖啡嗆到，火藍則是笑了出來。

「莉莉跟莉莉的舅舅，都是我的好客人啊，我當然都要特別關照囉。」

「這樣啊。我媽媽啊，她說舅舅對火藍阿姨有意思。阿姨，什麼是有意思啊？」

「這個嘛……」

「神、神經啊！講那什麼啊，告訴妳媽媽，舅舅很生氣。」

「你生氣媽媽也不怕啊。你下次來我家會沒晚餐吃哦，舅舅。」

楊眠愁眉苦臉的表情實在太好笑了，火藍笑得跌坐在櫥窗後。她一邊笑，一邊重新思考剛才莉莉來之前，楊眠對她說的話。

火藍，妳覺得我們這樣下去好嗎？

楊眠這麼切入話題。

妳覺得這個都市，妳覺得NO.6這麼下去好嗎？至少妳知道，至少妳知道這是個多麼虛假的地方吧？

我知道。

我跟妳的兒子都被奪走了。妳還算好，我的兒子再也回不來了，我太太也是。這個都市，簡直就像一個吃人的惡魔。

是啊。

火藍，我們無法改變嗎？

什麼？

我們無法將這個神聖都市NO.6，變成一個真正適合人居住的地方嗎？

由我們來……改變？

當然不是光憑我們兩個人，其他也還有察覺神聖都市真面目的人，我們——

莉莉就在這個時候衝進來。

火藍思考著。

不能只是等待，不能只是祈禱，不能只是哭到天亮。為了再一次擁抱紫苑，為了拯救沙布，我能做什麼？

吱吱。

微弱的聲音，火藍引頸期盼的聲音。櫥窗下，一隻小老鼠蹲在那裡。長長的尾巴、葡萄色的眼睛，在火藍眼裡，都像寶石一樣充滿光輝。紫苑離開後，在幾乎就快要被絕望、孤獨、失落淹沒的時候，這個小生物帶給我多大的力量啊！

火藍輕輕地將起司馬芬的碎片，放在地板上。

謝謝，真的很謝謝你。

「你又來了。」

一個豆子大小的膠囊，掉在火藍伸出去的手上。是紫苑來的信。一開始時，老鼠告訴她，如果出事，會讓黑色老鼠來通知她。這次來的也是茶色小老鼠，代表紫苑仍然平安無事，還活著。也許他現在正笑得很開心也說不定。

紫苑。

火藍顫抖著指尖，打開了膠囊。那是一張摺疊著的紙片，上面只有一行字。

媽媽，謝謝妳，我永遠愛妳。

上面這麼寫著。是紫苑的筆跡，沒有錯。引頸期盼的兒子寫來的信。然而，火藍的心中湧起不安。這是……

媽媽，謝謝妳，我永遠愛妳。

彷彿訣別信一樣。最後的親吻、最後的擁抱、最後的話語。

媽媽，謝謝妳，我永遠愛妳。

那麼，再見了。

沒有寫的這一行，在火藍腦海中盤旋。

她站了起來，突然一陣暈眩。天花板、地板，天旋地轉。

「火藍！」

「阿姨！」

楊眠跟莉莉的呼喊聲，聽起來好遙遠。

紫苑，等等我。

她伸長手，呼喊著。

你要去哪裡？你要做什麼？不，該不會是……

監獄。

火藍無法控制自己的顫抖。自己做的事情所帶來的後果，讓她止不住全身的顫抖。

我把沙布的事告訴紫苑了，他一定是打算去救沙布，那孩子一定會那麼做。

明知道紫苑一定會那麼做，我比誰都清楚這一點，但是我卻……

一個母親的自私，浮現在火藍腦海裡。

不應該告訴紫苑。只有紫苑，萬萬不能知道這件事啊！

不可以，紫苑，你不可以去。只有你不可以死。

等我，等等我！

火藍跪了下來。眼前是那隻小老鼠。牠抱著馬芬的碎片，不停地吃著。

老鼠……

不安壓迫著胸口，好痛。

你在哪裡？你在那孩子身邊嗎？如果是的話，請你不要離開他。求求你。求你保護那孩子。保護他。

老鼠！

空氣中充斥著血腥、污穢、汗臭味。人們被塞進沒有窗戶的臨時貨櫃卡車內，擠得跟沙丁魚一樣，在血腥、污穢、汗臭味裡喘息著，難以呼吸。狹窄的空間如同蒸籠一樣悶熱，一絲光線都沒有，甚至連正常呼吸都不被允許。

一名剛步入中年的男子在紫苑身旁呻吟，在反覆幾次抽搐般的呼吸後，低下了頭。紫苑緊靠著男人的肩膀，感覺到男人的肉體密集地短暫痙攣。他掙扎地抬起手，放到男人的嘴邊。

「老鼠。」

「幹嘛？」

「這個人……死了。」

「哦，是心臟麻痺嗎？」

「可能是吧。」

「是哦，能這麼輕鬆地走，也許很幸運。」

可以在這裡死掉，也許比在這裡活著幸福。老鼠說的話，並不是諷刺、也不是開玩笑，應該是事實吧。

紫苑承受著斷氣男子的重量，想起嬰兒，想起那名放在瓦礫堆後，交給狗的小嬰兒。他能活下去嗎？

「借狗人一定會暴跳如雷吧。」

老鼠的嘴邊浮現淡淡的微笑。

「什麼？」

「你把那樣的嬰兒塞給他，他不氣死才怪。我可以想像他抱著哇哇大哭的嬰兒，詛咒你的模樣。」

「借狗人應該會想辦法養他吧？」

「誰知道。那傢伙為了養自己跟狗，已經費盡心思了。不過，他應該不會把嬰兒當作狗飼料就是了。」

「借狗人他人很好，那麼脆弱的嬰兒，他不會見死不救。」

「是嗎？」

「是，因為他有一個慈祥的母親。」

「原來如此。你就是看準他的慈悲與心軟，所以把嬰兒塞給他啊！」

「啊……算是吧，你不說，我還沒發覺呢！」

「單純的少爺可能不知道，會很辛苦哦，嬰兒跟狗仔不一樣，嬰兒要多花好幾倍的工夫。可憐的借狗人，就算自己沒得吃，也得養那個嬰兒。」

「我會道歉。」

「什麼？」

「下次遇見他，我會跟他道歉。」

老鼠聳聳肩說，如果還能再見面的話。

「可是，你為什麼知道？你為什麼猜得到我在想嬰兒的事？」

「我們在一起這麼久了，久到我都快煩死了，你的心裡在想什麼，我大概都知道。你啊，太容易懂了……不……」

老鼠摸著自己的脖子，喃喃地說，不對。

「我完全不了解你。」

突然，聽見啜泣聲。是一個細微的女聲。

「嗚嗚、嗚嗚、嗚嗚……」

彷彿連鎖效應一般，到處都傳出相同的細微哭聲。有女聲，也有男聲。大家已經沒有嚎啕大哭的力氣，只是被絕望、疲憊、恐懼支配著，有氣無力地哭著。

紫苑抱著膝蓋坐著，他感覺到啜泣聲，漸漸滲透自己的身體。

嗚嗚、嗚嗚、嗚嗚……

嗚嗚、嗚嗚、嗚嗚……

雖然想摀住耳朵，但是不能。就算摀住，也會從皮膚滲透進來吧。一定會從鼻孔、從髮梢滲透進來。

嗚嗚、嗚嗚、嗚嗚……

嗚嗚、嗚嗚、嗚嗚……

老鼠抬起下巴，輕輕扭動身體。

老鼠的嘴裡傳出歌聲，是一首紫苑沒聽過的歌。

遠方的山頂雪融了
化作小河　流入山毛櫸林　滋潤了綠意
鄉野如今百花盛開
比花朵嬌羞的少女
在山林內訴說愛意
少年啊
就讓綠色的水弄濕你的雙腳
快如同野鹿一般狂奔而來吧
在花落之前　吻上少女的髮

不可思議的聲音。借狗人曾說過，那傢伙的歌聲彷彿風一般，彷彿風吹散花朵一般，能將魂魄帶走。真的沒錯，他的歌聲擁抱了心靈，誘惑了魂魄。在絲毫沒有光線的絕望空間裡，剎那間，花開、水流，戀人們相擁。

啜泣聲停了。人們沉醉於歌聲。

在這裡，在如同地獄的這個地方，聆聽優美的歌聲。彷彿奇蹟般地聆聽歌曲。原來如此。即使墮落地獄，我們並沒有失去所有美好的事物。

老鼠沒氣了，稍微咳了幾下。

「好辛苦，這裡氧氣不足，聲音無法持續下去。」

「很棒了。好厲害……該怎麼形容呢……我第一次聽到你唱歌。」

「這裡沒什麼音響效果，沒樂隊，也沒燈光。如果在舞台上的話會更好聽。」

「我想聽。」

「沒問題，我會替你準備特等包廂，你可以帶借狗人跟嬰兒來。」

「好，我會帶他們去。聽見你的歌聲，我想嬰兒也會安靜下來。」

「紫苑……我在開玩笑，你別認真啦。」

「伊夫。」

黑暗中，有人大聲叫。

「唱歌給我們聽，伊夫，拜託請不要停下來。」

「是啊，伊夫，請唱歌給我們聽。」

紫苑碰了一下老鼠的肩膀。

「大家都想聽你唱歌。」

「叫我做白工啊！」

「你的歌聲能拯救大家。老鼠，你好厲害。」

說出如此笨拙的讚美，真不好意思。但是，這是我的真心話。

老鼠，你好厲害。

「紫苑，歌聲跟故事，是救不了人的。」老鼠冷言地說。

「只能讓人短時間忘記痛苦。只有這樣的效果，根本無法真的拯救人。」

「老鼠，唱《耀眼之物》。」

有個女生這麼要求。

「哎喲，連這裡都有粉絲，如果經理知道的話，一定會痛哭流涕。」
唱吧，伊夫。在這個時候，請為我們唱歌。
卡車的速度稍微減緩。
「通過關卡了。」
老鼠用只有紫苑聽得到的細微聲音這麼說後，便靜靜地開始唱歌。一首帶著憂鬱的緩慢曲調。

海底的珍珠
夜空的星辰
我內心的這份愛
這些都是獻給妳的耀眼之物
海枯　珍珠破碎
天荒　星辰消失
只有我對妳的愛永遠不變
無論經過幾世紀的光陰

永遠耀眼燦爛之物　只有

卡車停了。歌聲消失，貨櫃裡的空氣，又再度凝結。

「紫苑，你聽好，」

老鼠用一種跟歌聲完全不同的沉重口吻，低聲說：

「不論發生什麼事，也不准離開我。」

紫苑點頭，緊緊握拳。

不論發生什麼事，我絕不離開你。

卡車的門開了。

「下車。」

人群照著指令下車。紫苑也跟在人群裡。老鼠撞了下他的腹部。

「那就是監獄，你迫切想去的地方。」

紫苑屏息，屏住氣息看著眼前的物體。那是一棟白色牆壁的建築，幾乎沒有裝飾，一看就知道是最重視效率的地方，也是紫苑在NO.6時常見的建築構造。

這棟建築物看起來很普通，只是窗戶少了點。高度則可以跟「月亮的露珠」匹敵，還有隆起般的雙層建築物，向四方延伸；只有這個隆起的地方比較特別，但是並不會讓人覺得威嚇或是毛骨悚然。

紫苑以為監獄會是更令人厭惡的模樣，厭惡到想別開頭。他一直這麼認為。夕陽下，外牆被染紅的監獄，說是醫療機構也會有人相信吧。這裡看起來就是個乾淨、功能性強的地方。

這和他的想像實在相差太遠了。

這就是監獄……沙布就在這裡。

「這裡是後面，不過正面也差不多就是了。如何？比你所想像的還要正常吧？」

「是啊，簡直就像一般大樓。」

「沒錯。不過，最普通，也許就是最恐怖的。」

「快走！」

人群開始往前移動。紫苑幾公尺前的隊伍，出現一些混亂。有人暈倒了。

士兵上前，把人從隊伍中拉出來。是一個披著破舊披巾的老婆婆，如同木偶般跌落地面。

「老鼠，那個人會怎樣？」

「別多管閒事，知道了也不能怎麼樣。」

又有一個人倒了，是一個年輕女生。她的衣服破裂，雙手環抱著裸露的乳房，跪了下去。

等距並排的士兵馬上把她拉出來。同樣的事情，發生在紫苑的前後左右。

他們在挑選嗎？

紫苑的嘴裡不斷冒出唾液。

狹窄的空間、無法呼吸的密集、混亂、絕望、恐懼……選擇……經歷過到這裡為止的殘酷經驗，仍舊可以筆直往前走的人嗎？

「沒錯。」

老鼠點頭。

「是在選擇，踢掉運送途中虛弱或是死亡的人。」

「為什麼選擇？」

「不知道。到底他們要拿我們做什麼用……我不清楚。」
「虧你還能輕而易舉就看穿我。」
「唷，在這種狀況下你還能諷刺我。厲害呀，值得鼓勵，小朋友。」
「你訓練出來的啊！」
「不過，真正的遴選作業才正要開始。」
「才正要開始……」

人群走在寒風中。

這期間也有好幾個人倒下，被拖出隊伍。

有人走不動，有人發抖，有人呻吟。

這些人全都被拖出隊伍，集中在一個地方。

那些人會怎樣呢？會怎樣呢？會怎樣呢？不知道，知道了也莫可奈何。

感覺的末梢慢慢麻痺，開始習慣悲慘，對殘暴反應遲鈍，思考麻木，對他人的死不再動搖。

紫苑抓住老鼠的手臂，確認肉體的觸感。

老鼠，讓我還能是個人。

「也許……」

老鼠低頭。

「你會改變也說不定。」

「什麼？」

「也許你會在這裡……在監獄裡改變。」

「你在講什麼？」

「也許我將領悟到，其實我完全不了解你。」

「老鼠，你到底在講什麼？」

老鼠緊閉雙唇，不再說話。

士兵命令人群停在黑門前。

「從前面開始進去，不准出聲。」

隊伍被分成三部分，第一部分的人消失在門的那一頭，絲毫沒有任何聲響。

幾分鐘後，門再度開了。

「下一個。」

接著輪到紫苑他們。

要進到那裡面去了嗎？

要進到監獄裡面了嗎？

已經想清楚，也下定決心了。

但還是會害怕。心跳得好快，彷彿要蹦出來了。

「只有這個辦法。」

老鼠凝視著前方，以平靜的口吻說：

「我們只有這個辦法，紫苑。」

「老鼠……」

「進去了。」

「嗯。」

風吹過。門朝左右兩邊開了。

「伊夫。」
背後突然有人叫他。
「唱歌給我們聽，唱歌給我們……」
士兵默默地舉槍射擊。傳來肉體倒地的沉重聲。叫聲中途消失，風聲更加呼嘯。
可惡！
老鼠的嘴唇這麼說著。
可惡！有一天，有一天我一定……
「往前走。」
門的另一頭，是一片黑暗的世界。
一片黑暗，因此不知道究竟是多大的空間，但是跟貨櫃一樣，擠進了遠遠超過空間容許量的人。
門關上了。
鏘。房間整個搖晃了起來，接著動了。以相當快的速度往下降。
「是電梯。」
紫苑的腦海裡，浮現監獄的平面圖。地底下空白的部分。是那裡嗎？要下去那裡嗎？

下降，不斷下降，彷彿要墜落到十八層地獄。

老鼠的手環繞在紫苑的腰上。

「抓住我，絕對不能放手。」

「老鼠，怎麼了……」

「一起下地獄吧。」

環繞在腰上的手充滿力量。

「可是，我們要活著回來。紫苑，你千萬別忘了。」

「那還用說。」

電梯停了。黑暗搖晃著。

「下地獄了。」

在一片漆黑的世界裡，迴盪著老鼠的聲音。

（未完待續）

生與死

在後記這個地方，只寫一些非常私人的東西，也許是很丟臉、很愚蠢、很可恥的事情。想想，我好像一直做這種蠢事，有時候也很受不了我自己。所以，我決定這是最後一次。最後，請再一次聽我發牢騷，好嗎？非常抱歉。

今年，我失去了兩名好友。評論家，同時也是同人誌的夥伴，大岡秀明先生，還有講談社兒童局的山影好克先生。一直以來，他們兩個人都從他們各自的立場，用他們各自的方法，支持著我這個寫手。

愚蠢、遲鈍的我，一直到失去他們兩人，我才終於明白他們給我多大的支持，迷失感、困惑、不安，讓我像個傍晚找不到路回家的孩子，忍不住哽咽了起來。

尤其山影先生是這個故事《NO.6》最重要的夥伴，從第一集開始，他就一直陪伴在我身邊，想出《NO.6》這個書名的人也是他。
最重要的是，他教導我活下去，以及慢慢死去的意義。
他說過令我難忘的話。
那是初夏的事情？還是夏末的事情呢？
總之，就是在季節更迭的時期。那時候我跟山影先生正坐在計程車裡，天南地北的談論著下一部作品的事情。
「淺野小姐，我最近會流汗唷。」
突然，山影先生稍微放低聲量這麼說。用一種他獨特的害羞口吻，這麼對我說。汗？熱就會流汗，這不是理所當然的事嗎？我不懂他的意思。當時的我，一定一臉訝異。他接著說：
「熱就會流汗，讓我感覺到，啊，我還活著。」
我突然想起來，山影先生才剛克服大病，回到職場而已，於是趕緊點頭，表示同意。
如今，他的話讓我深思。

原來活著，就是這麼一回事。熱就流汗，傷心就哭，高興就笑。挺直走路，可以爬樓梯。簡單，一成不變的生活，就是活著的證據。這些都是山影先生教我的。《NO.6》是少年的故事，同時也是生與死的故事。我是一個將生與死當作故事主軸，想要把故事寫得有趣又奇妙的寫手。當時的他，跨越編輯的身分，告訴我何謂生與死。

淺野小姐，妳要好好愛惜、疼愛活著這件事，好好地、好好地去寫。妳要讓《NO.6》成為那樣的故事，成為真正看得出人的生存的故事喔。

他是一個很成功的人。不論是活著，或是被死神召喚，他都毫不畏懼。我好想再多跟他，不，我好想跟他一直走下去。

山影先生，你走得太快了啦。只給我留下回憶就離開，實在太過分了。以後如果在彼岸的世界遇到你，我一定要好好跟你抱怨。我想，到時候你一定會帶著笑容，靜靜地點頭，然後向我說對不起吧。

非常感謝大家閱讀第四集。

我在這裡跟大家說聲抱歉（因為出版日期大幅延後我答應大家的時間）。

當我認為山影先生走了，這個故事也寫不下去時，很感謝代替山影先生支持我的阿部薰先生、山室秀之先生。

還有用心完成自己的專業，無言地鼓勵我的影山徹先生、北村崇先生，我由衷感謝大家，真的非常謝謝你們。

原來，NO.6這個人人嚮往的桃花源背後，
竟存在著人間煉獄……

未來都市NO.6 #5

淺野敦子◎著　SIBYL◎圖

紫苑跟老鼠終於踏上拯救沙布之路了！然而，在進入沙布被關的監獄內部之前，還有一條漫長之路等待著他們！那是一條陰暗、充滿著惡臭、四面八方不斷有痛苦呻吟湧現的地獄之路。紫苑無法置信出現在自己眼前的地獄景象，竟是發生在NO.6！就在紫苑跟老鼠朝地獄之路前進時，其他人也沒閒著。身在NO.6內部的火藍開始省思，試著想要用自己的力量去改變，來保護自己的兒子以及其他幼小的生命。而西區的「同伴」借狗人與力河，則在各懷鬼胎的心思下，開始布局幫助紫苑跟老鼠挺進監獄內部……

【2009年11月正式宣戰！】

國家圖書館出版品預行編目資料

未來都市NO.6 / 淺野敦子著；SIBYL圖；珂辰譯.
-- 初版.-- 臺北市：皇冠, 2009.07- 冊；公分.
-- (皇冠叢書；第3877種) (YA！；017-)
譯自：NO.6#1 --
ISBN 978-957-33-2463-8（第1冊；平裝）--
ISBN 978-957-33-2494-2（第2冊；平裝）--
ISBN 978-957-33-2523-9（第3冊；平裝）--
ISBN 978-957-33-2557-4（第4冊；平裝）

861.57　　97015693

皇冠叢書第3877種
YA！022

未來都市NO.6④

No.6〔ナンバーシックス〕#4

作　　者—淺野敦子
插　　畫—SIBYL
譯　　者—珂辰
發 行 人—平雲
出版發行—皇冠文化出版有限公司
台北市敦化北路120巷50號
電話◎02-27168888
郵撥帳號◎15261516號
皇冠出版社(香港)有限公司
香港上環文咸東街50號寶恒商業中心
23樓2301-3室
電話◎2529-1778　傳真◎2527-0904
出版統籌—盧春旭
美術設計—李咕比
印　　務—林佳燕
校　　對—熊啟萍・劉素芬・周丹蘋
著作完成日期—2005年
初版一刷日期—2009年07月
初版三刷日期—2013年05月
法律顧問—王惠光律師

讀者服務傳真專線◎02-27150507
電腦編號◎515022
ISBN◎978-957-33-2557-4
Printed in Taiwan
本書特價◎新台幣199元/港幣67元